LOCUS

LOCUS

LOCUS

LOCUS

to

fiction

to 73
諾貝爾少年
NOBEL GENES
作者：如茵・麥可斯 Rune Michaels
譯者：賴婷婷
責任編輯：江怡瑩 美術編輯：蔡怡欣
校對：呂佳眞
法律顧問：全理法律事務所董安丹律師
出版者：大塊文化出版股份有限公司
台北市105南京東路四段25號11樓
www.locuspublishing.com
讀者服務專線：**0800-006689**
TEL：(02) 87123898 FAX：(02) 87123897
郵撥帳號：18955675 戶名：大塊文化出版股份有限公司

總經銷：大和書報圖書股份有限公司
地址：新北市新莊區區五工五路2號
TEL：(02) 89902588 FAX：(02) 22901658
初版一刷：2011年6月
定價：新台幣 200元
Printed in Taiwan

NOBEL GENES
諾貝爾少年

如茵・麥可斯 Rune Michaels 著
賴婷婷 譯

獻給我的母親

第一章

母親以人工受孕的方式生下了我。

但這可不是普通的人工受孕。為了生個天才寶寶，媽媽向特殊精子銀行買了諾貝爾得獎人的精子；如此才能確保她生下來的小孩會是個神童、曠世奇才，將帶給這世界全新的啟發與美好事物。

然而，不知道哪裡出了錯，我卻只是個普通小孩，不曾成為什麼曠世奇才。媽媽始終不明白，為什麼我不是天才兒童？為什麼諾貝爾獎的基因沒有發揮作用？為什麼我的顯性基因無法展現真正該有的優點？相當不可思議。總而言之，她就是無法明白為何我無法表現出應有的樣子。

有一次，我說：一定是她的基因勝過了諾貝爾得獎人的基因。但這句原本出於讚美之意的說辭應該是失敗了，因為她聽了先是大笑，笑著笑著突然打住，以一種滑稽的表情看著我，然後開始哭，而且整個晚上都不肯吃東西。

我做過幾百萬次的智商測驗，不過那都是好久以前的事了。而媽媽到現在還期盼著哪天我會忽然「開竅」，但是，到現在都還沒開過的竅，我想以後也沒機會「開」了。我已經通曉某些題目的答案，面對難題也能駕輕就熟，但這些仍無法使我跨進資優的門檻；我看過自己的分數，落在「中上智能」區域，媽媽對此感到非常失望。那時，她的目光先看到這幾個字的「上」，再看到「中」，最後直盯著我看，彷彿想把我放在顯微鏡下好好檢視。有時我會懷疑，她是否曾考慮過向精子銀行要求退費。

也許我大腦出了什麼問題，唯有如此才能解釋為什麼我不是天才。也許我出生時氧氣不足，使得原本應該是天才的我降級為普通人，但也不是笨蛋。每次想到這，我就感到一陣欣慰，因為我骨子裡還是和我爸爸一樣聰明，也是媽媽理想中的小神童。

又或許，這個天才基因是隔代遺傳。如此一來，我的小孩就會是個天才，媽媽以後會有個天才孫子，這樣她又能快樂起來了。

我不會讓我的孩子知道他們擁有諾貝爾獎基因，也希望媽媽什麼都不要多說。我只會靜觀其變，觀察他們是否有天分，並協助他們找到正確方向，這樣就夠了。畢竟，要逼一個人成為天才是不可能的。每當我試著去了解複雜深奧的事物（例如：相對論），那感覺就好像戴著厚厚的手套去抓什麼東西一樣。

在學校裡，我表現良好，但其他孩童也和我一樣好。美術是我表現最優秀的一門科目，但諾貝爾獎並沒有繪畫方面的獎項。

從我上幼稚園起，媽媽就希望我能以特殊天分獲得學校獎學金，但我的測驗結果總是未達理想。後來我們終於死心了，對此我很高興，而媽媽則認為我不夠努力，沒有發揮實力。有時候她會怪罪學校，認為天才兒童多半在校表現不佳，因為他們覺得學校很無聊，挑戰性不夠；有時候，她會怪自己沒有送我到特殊幼稚園就讀，因為那裡應該可以啟發我的天賦和熱愛學習的心。每當我安慰她說，就算送我上特殊幼稚園，結果也不會有所改變，她聽了就會很生氣。

不久前媽媽開始猜測，或許我爸爸不是科學家，他得的可能是諾貝爾文學獎，說不定是個作家，如此一來，我就不會具有數學或物理方面的天分，而創意寫作才是我的長項。想到這點，她便豁然開朗地笑出來，並拍拍我的頭，說什麼原來她弄錯了，我的天分在左腦。

為此她還開心了一陣子，並送我進夏令營，讓我在營隊裡閱讀文學作品、寫短篇故事或是創作詩詞。這是我出生以來第一次離家那麼遠。雖然夏令營很好玩，我還是忍不住擔心媽媽，因為這也是我出生之後她第一次獨自在家。夜裡她不再需要替孩子蓋被，也不需要一個晚上來我房間五次，看我睡得好不好。

總之，夏令營還算有趣。回家的時候，他們將我所有的作品裝進一個大箱子裡。

當然啦，你怎麼可能想讓母親看見自己玩樂時寫下的所有想法？畢竟那事關隱私，而且裡面有很多媽媽不能接受的內容，看了只會讓她更加煩惱。所以在回家的巴士上，我仔細過濾了箱子裡的作品。

我拿出來的文章，內容多半是關於：對父親的感覺、煩惱自己不夠聰明，以及其他私人的感受。剩下的東西還有很多，包括夏令營中做過的所有練習、一些很蠢的詩作，還有一些被老師們稱之為「哲學冥想」的東西，主要是在思考這個世界如何運作等等，諸如此類的主題。

媽媽並沒有發現裡頭少了什麼，我也不確定她是否真的全部讀完，畢竟她太忙了。在我參加夏令營時，她早已和出版經紀公司聯絡，廚房餐桌上放著一疊信封，上頭整齊地印著一些名字，這肯定花了她很多工夫。我回家之後，她花了一整晚看過我的作品資料夾，然後將樣稿一件件放進信封裡。

隔天早上，她要我把那疊信拿到郵局去寄，我很想把信扔掉，但又害怕被她發現，所以還是把所有信件全數寄出。

接下來幾個月，回覆信件紛紛寄來家裡。起初，媽媽只要一聽見郵差的聲音就直衝門口，但現在她已經不在意了，甚至讓信件留在門外信箱好幾天，才咬緊雙唇，拆開信封，目光掃過幾行字就把信撕掉，丟進垃圾桶。我想我寫的東西大概不怎麼樣吧。

如果收到信時她正好在睡覺，我會自己把回信撕了，省得她麻煩，也避免她接下來幾天心情不好。但我錯了，因為她有張清單，上面列出所有聯絡過的人，所以不久後，她逐一打電話給沒有回覆的人（雖然她真的很討厭講電話）；有時，她甚至對那些人發飆。但無論如何，她還是沒抓到我偷撕回信的事。

經歷過這些事情後，媽媽覺得我爸可能是諾貝爾和平獎得主，要得到這個獎並不需要什麼特別天分，只要做出對人類有益的貢獻就好了。所以不需要成為什麼所謂的天才，不需要具有物理或數學的頭腦，也無關創作。

想到這，又使她開心了好一陣子，見到她這樣，我也很高興，至少沒有壞事發生。於是她替我買了社會學和政治學的書，從型錄上訂了大型地球儀，還替我簽署加入「國際特赦組織」❶。連續好幾天，她手裡抓著紙筆，盯著無聲的電視畫面，一邊不時做筆記，思索著我們屬於哪一類的弱勢分子，而我又該如何替我們這一派爭取權利。

❶註：Amnesty International，人權監察的國際性非政府組織，由各國民間人士組成，監察國際上違反人權之事件。

我不確定要如何爭取權利，也不覺得曾遭受何種打壓，我這麼告訴媽媽，她很生氣地回答：只要找個理由就好了，反正這世界上有一大堆問題。有天她送我到圖書館，要我研究世界上的問題，並把能夠作為抗爭的理由或動機列成一張清單。

我發現這件事比想像中更吸引我：我想了解這世界上的問題，替政治犯、童奴、文盲、全球暖化、動物瀕臨絕種等議題發聲奔走——總之，各種爭議和問題林林總總數不清。但看到後來，我變得十分沮喪，關上最後一個慈善機構網頁，疊好要借的書，我大大嘆出一口氣；圖書館員還問我怎麼了，我回答沒事，但我應該說有。我的筆記本裡列滿了好幾頁的議題清單，原來這個世界有這麼多問題，而我卻從來不知道。

回家後，媽媽問我是否已經挑好抗爭的理由，我說我需要一點時間想想。而在我做決定之前，她又把心思放在科學方面，忙著幫我報名物理課後補習，畢竟大部分諾貝爾獎是頒給科學家，這方面的可能性還是最大的。

擁有不合作的諾貝爾基因真是件相當累人的事；我努力配合，然而過度用腦卻導致頭痛。我建議媽媽可以試著再懷一次孕，下個孩子應該就會成功了。

但這實在是個很蠢的建議，媽媽已經沒辦法再懷孕了——實際上現況已經很好，我們能照顧彼此，要是她無法照顧我，我也能挑起母子二人生活的擔子，但若再多個小孩就很吃力了。所以我真的不該說那些話。而媽媽的回應只是瞪著我，瞪了我好長一段時間，之後便開始哭泣。無論多麼小心謹慎，我還是會惹她哭泣。

我擁有一本書，裡頭全是諾貝爾得獎人的照片和生平簡介，這本書是十年前發行的，從第一屆到此書出版之前的每位得獎人都羅列其中，所以我爸肯定也是其中之一。人數看似很多，但其實只要多加研究一下，就能排除掉許多人。

並非所有得獎者都是男性，書上也有很多女性得獎者。媽媽會驕傲地指著她們說，就算在對女人不利的時代背景下（以前的女性沒什麼機會上大學），她們還是證明了女人也可以實現理想。有時候，媽媽會凝望著那些照片好久好久；我想她一定也很想上大學吧。但她沒辦法，因為她懷了我。

這本諾貝爾書記載了得獎者們的教育背景、職業、貢獻以及成就，內容非常有趣，但引起我好奇的是，沒有任何一本書提及這些成功人士曾犯的錯，或是他們曾經失去的東西、曾經破碎的夢想。

雖然從未見過父親，將來也可能不會見到他，但我每天都會想到那位諾貝爾父親。我在腦海裡想像他的長相、他說話的方式，而且很想知道我和他長得像不像。大概只有在邊看電視邊吃最愛的巧克力布丁時，我才不會想起父親；然而有時我會突然想到，不知道爸爸喜不喜歡吃巧克力布丁？這就好像他一直都存在，一直都潛伏在我的腦海中，一有機會就蹦出來。

因為基因使然，小孩的長相通常和爸媽多少有點相像。我的唇型和母親完全一樣，髮色也相同。照這樣推論，我或許能在那本諾貝爾書上，找到一個鼻子或耳朵或眉型和我很像的人。沒錯，我真的找到了，不過找到了很多個。其中一個可能就是我爸，換言之，每個人都有可能。我時常翻閱那本書，對那些圖片已經瞭若指掌，如果在路上碰見他們，肯定認得出來。但我依舊不知道哪一個才是我真正的父親。

看來是沒有什麼希望了，可能這輩子我都見不到父親，而媽媽說本來就應當如此。他不知道我是誰，我也不認識他，我不知道是誰決定這種情況的，但我很不高興。媽媽說我們根本不可能知道他是誰，但我不相信。我有個祕密計畫：我知道有個男孩曾經成功找到親生父親，那位父親也是個捐精者。男孩收集臉頰皮膚的碎屑，寄到ＤＮＡ檢驗中心作為分析的樣本，然後他將資料輸入用以建立家譜的基因資料庫，交叉比對後，便找到了他的親生父親。

這個成功例子是很久以前的事了，我知道現在要做這些事已經沒有那麼容易，但還是相信事在人為。首先我必須先籌到一筆錢，ＤＮＡ分析和資料庫存取都要價高昂。

小時候，媽媽頭一次提到我有個諾貝爾父親，並給我看那本盡是陌生臉孔的書時，我嚎啕大哭，因為我想要一個父親，卻不知道裡面哪一個才是。當時我並不清楚什麼是諾貝爾精子銀行，什麼是諾貝爾基因，但我就是希望房間裡能擺張父親的照片。

然後媽媽做了件很貼心的事。那是幾年前的事了，當時她還會出門；她帶我去一家商店，要我選個相框。回家後，我們剪下一個諾貝爾基金會的標誌，放進相框裡：一個藍色的字母N，外圍有個圓圈。我把相框放在衣櫃上，媽媽搔搔我的頭說，她最多只能做到這樣了。

雖然我已經不再是小孩，但這樣做確實有所幫助。夜裡，當周圍一片漆黑，我躺在床上翻來覆去睡不著的時候，總是想著父親：不知道他在哪裡，在做什麼，他是否也曾想到我？然後我會看著那張圖片。當外頭有車輛經過時，車頭燈的光線映在玻璃上，呈現出的反光像是父親在對我眨眼睛。

第二章

住在這條街尾的羅斯先生，前幾天給我留了張大字條，上面寫：送報的小男孩！記得按個門鈴！我照做了。那時我心裡真的很緊張，總是怕自己會忘記給他家送報紙，或是他有什麼事情要抱怨。

身上還穿著睡衣的羅斯先生邊揉著眼睛，邊走到前門，似乎才剛起床，我想他一定會罵我說太早來吵他。但他只是問我有沒有興趣接一份工作：他要出差幾個星期，那段時間得有人替他餵魚、清信箱以及除草。他用一副大人看小孩的眼神，彷彿正在判斷我是個負責任的小孩，或者是麻煩的小鬼。

我遲疑了一會兒沒有答覆，因為我得思考一下，而思考就會費點時間（畢竟我不是天才）。他說，我可以先和母親討論過後再回覆他。他寫下自己的電話，並告訴我，如果想要這份工作，就請媽媽打通電話給他。他又說我應該是個負責任的孩子，因為每天早上我都會依照路線送報，沒有一天例外。

我看得出來他知道我媽媽的事。大家都知道我媽媽的事，雖然長久以來都沒有人見過她（除了住在我家車庫裡的卓拉姆）。羅斯先生和其他人不同，他不會以令我討厭的語氣詢問：「你媽媽最近還好嗎？」這會逼得我必須回答：「很好啊，謝謝。」因為這是他們想聽的答案，也是我唯一能告訴他們的答案。

他給我工作或許出於同情，有些人會因為媽媽的事情同情我，但我並不在意。反正我也因此獲得賺錢的機會，這樣才能實行尋找父親的DNA計畫，這個計畫要價不菲，但我沒有其他辦法了。我試著做一些研究，刪減諾貝爾獎得主名單，但實在太困難，因此沒有什麼進展。捐贈的精子會被冷凍保存，所以就算是在我出生前就過世的得獎者，也可能生前就已把精子捐出。

我把羅斯先生的提議告訴媽媽，她沒說什麼，只是點點頭，看著遠方，然後問我一些有關宇宙論的問題。

我知道大部分的答案，因為從圖書館借來的那本有關宇宙論的最新書籍，我已經看完了，而她才剛開始閱讀前兩章，也只問得出那兩章的東西。

總之，前兩章是整本書最有趣的部分，闡述關於生命起源的「海洋原湯理論」❶，說明所有生命都是源自於海洋原湯，還有三十億年前化學物質和能量結合的情況、地球上的生物如何出現等等；而這一切，都出於偶然。

三十億年前距離現在已經很久了，但恐龍卻彷彿昨天還存活著似的。

總之我告訴羅斯先生，我想要那份工作，媽媽那邊也沒問題。他說好極了，但還是得請她撥通電話給他，確認一下，以免有什麼誤解。

回家後，我請媽媽打電話聯繫羅斯先生，她點點頭答應，但並沒有馬上做。直到晚餐過後，她還是沒有行動。通常，如果她沒有馬上做某件事，便意味著她可能永遠都不會做了。所以，趁她看電視的時候，我把電話遞給她，放在沙發旁邊提醒她這件事，她看了一眼點點頭，然後繼續看電視。我回到座位上時，發現她看著關於鵜鶘的紀錄片，一邊流著眼淚，但還是沒動電話。

我想要那份工作，我需要那份工作。於是我拿起話筒，撥下紙條上的電話。羅斯先生接起電話，我告訴他我需要那份工作，並說我媽媽沒問題，然後把話筒交給她。有時候，需要媽媽打電話給學校或是處理一些重要事情時，我也會這麼做。這並不容易，有時她會因此生氣、難過；但我仍得這麼做，因為如果她沒在必要的時候打通電話，社工人員會來把我帶走，或者我們會收到看起來很正式的信件，而這會

❶註：Primordial soup，此理論認為紫外線照射原始大氣，形成蛋白質的材料胺基酸、醣等有機物質，有機物質聚集在原始海洋，變成有如熱湯一般的環境，生命即從這個熱湯環境衍生而出。

令她更感到害怕。我們必須付帳單，或是和學校溝通，我們用盡一切力量，好讓一切看起來都很正常。

這也意味著，有時候媽媽必須做些她不想做的事。

令人難以理解的是，媽媽不去做的事情，都只是因為她不想做。我也有不喜歡的事情，但我還是會去做。

她和羅斯先生通話，聲音微弱得幾乎無聲，我都聽不太清楚她說什麼了，也懷疑羅斯先生是否聽得見。總之，她沒說錯話。當她掛上電話，我給了她一個擁抱並向她道謝，告訴她，如果有多的錢，我們還可以訂新雜誌。她沒哭，也沒大叫，但看起來有點傷心——只有一點點而已。她摸摸我的頭髮，說我是個乖小孩，然後把我推開。我不太確定她到底覺得好還是不好，所以接下來幾天，我格外小心翼翼。

以前，情況不是這樣的。我還小的時候，媽媽還會出門去採買生活用品，我們會一起去圖書館、書店或公園，甚至一起看電影，我們會一起去很多地方。以前她會開車，雖然不是什麼很酷的車款。有時候甚至沒有特定目的地，就只是單純兜兜風。

「諾貝爾男孩！」每次我躺在地上玩玩具或畫圖的時候，她都會這麼叫我。「想不想去迷路一下？」

然後我們就會開車晃大街，不為什麼，只是因為好玩。我們往往離開小鎮，把車開到以前沒去過的地方。沒有地圖，也不知道要去哪，車子有時會開到廢棄道路上，沒有其他行車，不見任何房舍，彷彿這個世界上只剩下我們兩個人。她會從後視鏡看我，給我一抹特殊的微笑，然後把車停下來。她會四處張望，手指抵著嘴唇，要我別出聲，這時我就會興奮地尖叫，並解開安全帶。

「靠邊邊點，小乖，」她眨眨眼對我說。我會爬到前座，坐在她的膝上，雙手必恭必敬地握緊方向盤。

「準備好了嗎？」她說，我深呼吸並點點頭。剛開始只是緩緩前進，我告訴自己要有耐心；我知道媽媽已經在露齒微笑，等著我向她抱怨，那時她就會適當地加重踩油門的力量。

「媽咪！」我受不了地發出哀怨的聲音。「我用跑得都比它快！」

這時媽媽就會大笑，她會用力抱著我的腰，鼻頭會在我頭髮間磨蹭，在我頭上留下一吻。「好啊，那你要不要開快一點？」

「媽咪！」

我們會開得快一點，然後再快一點。我會把收音機轉開，調大音量並打開窗戶，因為這樣感覺比較真實。一路上我會蛇行前進；若沒那麼多轉彎的機會，我還是會自己打方向燈；還可以玩雨刷、按喇叭，田野間的鳥兒會被嚇得飛起來，媽媽會因此笑得更大聲。

迷路對我們而言總是分外有趣。

我希望能一直這樣下去。現在我長得夠大了，腳踩得到油門，也能自己開車，如果是現在，她可以安然坐在副駕駛座，但如今我們連一輛車都沒有。當我終於長大，能為她做些什麼的時候，她卻變得不常出門了。這情形是慢慢發生的，因此當我發覺的時候，為時已晚。我們已經不像從前那樣，開車出門只為了迷路的樂趣。此外，卓拉姆搬進車庫後，他可以幫忙做些小孩子辦不到的事，媽媽就更不需要出門了，而卓拉姆也幫我們賣掉了車。現在，她根本大門不出，二門不邁，即使我們真的得出去辦些事，例如衣服太小穿不下得買新衣時，她也不出門。剛開始這確實是個問題，但現在已經沒關係了，我知道怎麼買自己的衣服，媽媽則會從型錄上訂購。

賣掉車之後，她買了一台遊戲機給我。我老早就想要了，但她總認為遊戲機沒有教育意義。於是我偷偷從雜誌上找了篇文章，內容是關於電腦遊戲如何促進手眼協調，有助於增進解決問題的技巧。

媽媽讀完那篇文章後，咯咯地笑著，並搔搔我的頭髮，我以為她識破了我的詭計。沒想到，下回卓拉姆替她辦事情回來後，手裡竟捧著全新的遊戲機和幾款遊戲。其中賽車和飛行模擬遊戲是我的最愛，以前她會和我一起玩，特別是賽車遊戲。我們會坐在地板上，背靠著沙發，一起發出笑聲與尖叫聲，起勁地一直玩到她的煮蛋計時器嗶嗶作響，因為她規定我每天只能玩一個小時。媽媽很擅長賽車遊戲，有時甚至還能打敗我。不過我已經不玩了，那台遊戲機如今放在電視下方積灰塵，我擁有的那幾款遊戲，也只適合小孩子玩。

我們並不是很有錢，但也不窮。我們有房子，付得起帳單，衣食無虞，還擁有書本和其他東西。媽媽無需工作，而每個月我們還是能收到一筆不知從何而來的錢，這些錢足夠我們生活，也應付得起媽媽的菸、酒、書和雜誌。但除此之外，我們就沒錢買什麼貴重用品，像電視、電腦這類的東西。

我不知道那些錢是從哪來的，有一次我試著問媽媽，但她不喜歡這個問題。第一次發現那些錢的時候，我以為是諾貝爾父親給的。但現在我真的不知道答案，因為凡是母親所討厭的問題，我一概不能過問，只能問她一些科學、自然、歷史或文學方面的問題。萬一問錯問題，就等於把她推下樓，或是呼她巴掌那樣。而要分辨哪些問題是地雷實在太難了，所以我盡量什麼都不問。

今天在班上討論了「優生學」的主題，我想我應該算是優生學寶寶吧，媽媽從精子銀行取得了諾貝爾得獎人的精子，為的就是想要生個比較聰明的小孩。我原本應該是聰明的，我媽之所以選擇基因，就是為了讓我變得更好。書上說「品種優越」是不正確的想法，因為替人們貼上標籤是不公平的。我想，認為某些基因比其他人的基因優秀，也是不公平的。

我告訴媽我們在學校裡讀了有關「優生學」的東西，她的視線從《新科學家》那本書移到我身上，看起來很有興趣的樣子。「那是希特勒想做的事，」她說。「他想要消除那些他認為比較低劣的人種，建立一支他認為比較優秀的民族。」她搖搖頭，看似很認同「品種優越」這個想法。

我想問她，難道生下我不是出於「品種優越」的想法嗎？但我認為，她並不想消滅誰，只是單純想生個比較好的孩子，我希望，這或許是她與品種優越信仰者的不同之處。

強迫她和羅斯先生說話，其實讓我心情很差。有時候我對媽很刻薄，不過也都是些小事，例如：刻意忘記買她要的東西，或者明知她需要我去郵局或商店買東西，卻還故意逗留在外不回家。這種刻意惡劣的對待，有時令我覺得快意，但有時卻只剩下糟透了的感覺。

我想，其實我是希望她能走出家門，而不是一味地等我回家，但這想法真是蠢斃了。只有當我陪著她一起去看醫生時，她才願意出門，也唯有如此，她才拿得到藥物的處方箋。但她也不常出門看醫生就是了，大部分時候她會請醫生出診。這兩年來，她只會為了看醫生而出家門。

而那兩次，還是被抬上擔架送出去的。

當我刻意在她需要我的時候滯留在外時，我會漸漸回想到她被抬上擔架的畫面，便覺得自己對她好刻薄，罪惡感油然而生。然後我會不由自主開始想像，當我不在她身邊，當她一直一直在家等我時，這期間可能會發生什麼事……於是當下我便加緊腳步盡快回家，拿鑰匙的雙手不停顫抖，害我花上好久時間才將門打開。當我整個人像是倒下般進入家門，才發現媽媽就站在門邊，等著我回家。有時她生氣，有時她哭泣，有時她只是瞪著我，彷彿完全不知道我是誰。

我還寧可她生氣，生氣總比悲傷好。如果她不對我大吼大叫，我會覺得更難受。我會一個人懷著罪惡感生悶氣，腦子一團亂的上樓，回到房間並關上門，拿著諾貝爾書爬上床，看著父親的照片。

我是這麼想的：假如我看完整本書的照片，就等於是看過我爸爸的照片了。我常在夜裡看著那本諾貝爾書，一邊等著媽入睡。我必須等待，因為她關上房門之後，我還有些事得做。

媽的狀況一直不好，就算燈都關了，房間也很安靜，並不代表她的情況變好。我必須到浴室裡數她的藥丸還剩多少；在漆黑的房子裡晃來晃去，確認她平常儲存的酒和處方藥，沒有數量異常的情況。

我清點並記錄藥丸的數量，用鉛筆在酒瓶上做小記號，如此一來，就能知道她喝酒的速度。有時我會在酒瓶裡加些水稀釋，這樣就算她用酒來吞藥，也比較沒那麼危險；但我不常這樣做，因為我怕萬一她發覺了，會產生什麼意料外的反應。最安全的方法，還是持續暗中監視並清點藥物，唯有如此，她才不會極力隱瞞。

家裡有很多藥丸消失不見的情況，曾經發生了兩次，當時我叫了救護車；這兩次，在安靜的深夜裡，我站在她的床邊，心想：要是不打電話叫救護車，她就會離我遠去，一切都是我的選擇。這兩次，讓我察覺，原來發現自己擁有抉擇權力，竟是那麼令人難受。但這兩次我都做了正確的選擇，一個值得擁有諾貝爾基因的小孩所做的選擇。

第三章

卓拉姆是兩年前搬進我們家車庫的。當時，我們在地方報紙上登廣告找房客，他是第一個打電話並過來看房子的人。他的樣子不同於附近其他居民，穿一身皮夾克，留著一頭長髮，袖口外露出皮膚上黑色的刺青。進屋後，他一屁股坐在沙發上。他就這樣出現在家裡，還真是件怪事，其實，任何人出現在我們家都令我覺得怪異，因為多年來我們已經習慣獨來獨往。

卓拉姆從來不笑，而且沉默寡言，這是媽媽最喜歡的一點，她想找的，就是不會為了聊天來敲我們家門、也不會在雜貨店裡說長道短的房客。所以她對他說，如果他願意，車庫就租給他了，並派我帶他去外面看看。

他大略瞥過一眼，點點頭，便走出去，從他那輛凱迪拉克的後車廂裡拿出幾個塑膠袋，大勢就這麼底定了。現在，我們家車庫裡停的是他的車，因為此後不久，媽就不開車了。他的車是輛老舊的凱迪拉克，即便上頭有凹痕和鐵鏽，仍顯得很酷。卓拉姆說它是「古董」，也因此他並不喜歡開車去工作場合；他的工作時間在晚上，酒吧外有些醉漢會破壞他的車，所以這輛車很少離開車庫。

我們並不常見到卓拉姆，他只是個住在外頭的人。他的鼓聲常混雜在我的夢境裡，讓我的心跳跟著加速。他說他叫作卓拉姆，但那是打鼓的意思❶，我並不認為這是他的真名。

媽媽有時候很討厭他製造的噪音，甚至嫌惡到希望他別住在這兒，但他其實很重要，因為他會替她跑銀行、付帳單，做些我還不能做的事。他也替她買酒，因為我年紀還不到。

不能買酒讓我很高興，但我卻買得到菸。照理說他們不該賣菸給我，然而當四下無人時，那位老太太還是會賣給我，她知道我是替媽媽買的。

有一次在學校裡，我們看了一部很噁心的香菸致癌紀錄片，那部片子嚇到了我，媽媽會因此得到癌症且撒手人寰的想法，令我害怕極了。於是我告訴她，我再也不會幫她買菸；我說抽菸很危險，她可能會因此生病去世，所以我不要幫她買。

媽媽真的非常生氣，臉色脹紅、雙手握拳，對我大吼大叫，幾乎就要出手打我了。要不是我跑回房間，用力關門並上鎖，她可能真的會出手。以前曾有幾次，她揚手作勢要打我，並對我大吼，但她從來不曾真正傷害我。

而這次，她一邊尖叫嘶吼，對房門一陣猛踢，然後開始哭泣，最後她把自己反鎖在浴室裡，這實在把我嚇壞了。隔天，我倆都心懷歉疚，便絕口不談這件事。但到了星期六，午餐時她做了一份冰淇淋聖代，裡頭有香蕉和奇異果並撒上好多巧克力，這是我小時候最愛的甜點，她很喜歡做這個給我吃。所以，為了回應善意，她還沒開口要求，我就出門替她買了包菸。對我而言，幫她買菸或許比拒絕不買要來得安全。其實我希望讓卓拉姆去買，反正他根本不介意再幫這點小忙。

經濟方面，卓拉姆也提供很大的幫助，因為他付我們房租（至少當他有錢且記得時都會付）。就算他討厭小孩而且總是無視於我，我還是很高興他住在這裡。他兇起來挺可怕的，但這樣很酷。

去年某一天，學校裡那些惡霸小孩跟蹤我回家，他們四個人把我打到流鼻血，還不停說一些有關我媽媽的侮辱話語。那時，卓拉姆正好人在車庫裡，他半坐在凱迪拉克車廂裡，車門沒有關上。

那群人知道我沒有爸爸，媽媽也不會出來幫忙或趕他們走，所以他們一路跟著我進了院子，卻沒注意到卓拉姆就在旁邊。

❶註：Drum，音譯為卓拉姆，意思為鼓。

他們推倒我，把我團團圍在前門處，拿走我的鑰匙。這時，卓拉姆從車庫裡走了出來，抓住他們其中一人的背，並擋住企圖逃逸的其他人，他那副模樣看起來真的很嚇人。他抓著那小孩的手，用力一扭，直到鑰匙掉落在地上。

那小孩開始尖叫並咒罵，雖然他們試圖逃走，但卓拉姆擋在前面，他們就算有四個人也沒辦法闖關。接著，卓拉姆彎下腰來，在第一個小孩的耳邊說了一些話，再對其他三個小孩說話，但我聽不清楚他說些什麼。

那些小孩直挺挺站在原地，盯著他看，一副被嚇壞的樣子。最後，卓拉姆的臉上露出一抹詭異的微笑，挪身站到一旁，並以拇指指向路邊，於是他們便快步離開。我以為他們會回頭咆哮示威，但是並沒有。

卓拉姆把鑰匙撿起來丟給我。他好像瞥了我一眼——他從未正眼看過我——然後問：「小鬼，你沒事吧？」我發現眼前有血跡，心想真不可思議，鼻孔裡竟然能流出那麼多血。我點點頭，他從車庫裡丟了捲衛生紙出來，並告訴我清理完畢再進屋去。

話一說完，他又消失在車子的引擎蓋後方了。這是我們頭一次說那麼多話，不只是打招呼或是替我媽傳話。

我很擔心隔天去學校會再被盯上，他們可能會笑我很沒種，竟然要大人替我打架。但他們沒有來。而且，不僅完全沒再找我麻煩，也沒有去欺侮其他人，他們只是用一種很奇怪的眼光看著我、避開我。有好長好長一段時間，他們都不曾再開媽媽的玩笑。

媽媽有時會詢問我的交友狀況，我告訴她，我和朋友們會在學校裡玩。這答案聽起來很正常，她也相信我的話，不過也有可能她只是隨口問問罷了。畢竟她腦袋裡像是有個迷宮，事情怎麼想都想不完，也沒有空閒想多餘的事。我沒有朋友，不是因為我交不到朋友，而是我不想。交朋友就必須帶他們回家，大家不都是這樣嗎？要是他們看見媽媽某些行為舉止，肯定會很尷尬；我已經習慣的事而他們不習慣，如此一來，一切就會變成一場災難，他們回到學校後，會背著我說更多閒話。總之，我自己一個人也挺好的。

我好奇卓拉姆對那些人說了什麼話，有時候我甚至覺得，那搞不好是魔法。有些人以為卓拉姆是我媽的老公或男朋友之類的；雖然他不喜歡我，看起來也不像個父親，但我的確曾想過，他或許可以當我爸爸。可以確定的是他沒得過諾貝爾獎，也不曾出現在我那本書上。

其實我不怎麼討厭打鼓的聲音，說真的也不是多吵鬧，至少鄰居們從來沒抱怨過。有時候鼓聲的節奏甚至能幫助思考，使得我思考某些事情的時候，也不會忘記其他的現實，最終能把所有思緒歸結到事實上。

當情況很糟糕或是我覺得很害怕的時候，鼓聲確實也有所幫助。因為它，我不再只聽見自己的心跳聲，而一旦心跳不是那麼劇烈，不再像胸膛裡有動物瘋狂踩踏，那麼一切就會開始慢慢好轉。

但卓拉姆住在這裡最大的好處是這個：那兩次，媽媽被抬上擔架送出去時，因為有他在，社工才沒把我帶走。那時我和媽媽一起上救護車到醫院，在等候室中，我假裝邊看舊漫畫書邊等著醫生替她洗胃，社工來找我說話，並告訴我她沒事。

社工人很好，但我還是不信任她。她領著我到另一個房間，和我一起坐在椅子上，她問了許多關於我和媽媽的問題，還有我們在家中的情況。我編著謊話，聽著自己的心臟怦怦怦地跳著。還好，至少我還能說：有個朋友和我們一起住，所以我可以留在家中，等待媽媽從這次的「意外事件」中復元。這和事實差不了多少，而社工也不疑有他。

第二次又發生同樣事情的時候，社服機構派了兩個人過來，他們和卓拉姆談話，他說他不想談我媽的事情，她的生活是她的事，他不想管。「我只是住在這。」他這樣說。

社工人員皺著眉頭看了我一眼，其中一人在筆記板上寫了些東西。我望了卓拉姆一眼，心裡真的很害怕。而他就算眼光沒看我，也肯定很了解我的憂慮，因為他說：「她不在家的時候，我會顧好這小孩，可以了吧？」語氣十分粗魯。

社工進來，看看房子裡面，又寫了些東西。這房子看起來情況還不錯，所以我想應該沒有什麼太糟糕的評語。他們問我成績如何，並問我喜不喜歡上學，我給他們看上學期的成績單，他們看完之後對我微笑，並說我是個聰明的小孩。最後，很順利的，他們讓我留在家裡。我想只要在校表現良好，情況便不至於太糟，所以我很高興自己擁有諾貝爾基因，雖然那基因只夠讓我在普通班上拿A。

上次媽媽從醫院回來的時候，又換了新藥；醫生常常給她換新藥，其實我看不出有什麼太大差別。然而這種新藥確實不同，可能短暫治癒了她一段時間，雖然我也很難分辨她那樣子究竟算不算正常。但最神奇的是，這藥竟然使得她能夠獨自出門；我去上學的時候，她找卓拉姆開車載她去鎮上。

那天放學回家，我很驚訝媽媽竟然不在家裡，於是一個人在外頭找了好久，我去院子、車庫還有街上找人，心裡想著該怎麼辦，是否該去警察局或醫院找她。他們回來後，卓拉姆表情怪怪的，像是很困擾或是擔心，或兩者都有，彷彿不喜歡那天發生的事，但又無可奈何。

而媽媽蹦蹦跳跳地下車，給我一個擁抱，不停地笑啊笑的，我忍不住也開始跟著笑，雖然我根本不知道有什麼好笑的。她指著卓拉姆，他打開凱迪拉克的後車廂，我看著他來來回回，花了五趟工夫，把一些油漆桶搬到家門前。我跑過去幫忙，發現後車廂裡塞滿一桶桶的油漆。

「太棒了！」我媽說。她邊笑著邊把油漆桶拖進客廳，並在我們的書櫃前堆成一座小小的金字塔，然後拉開窗簾。這是她頭一次讓陽光照進家中，灰塵捲成漩渦狀掠過室內空間，她還笑著大叫：「現在開始有陽光了！」對我說：「你是諾貝爾男孩，你的世界應該充滿明亮的色彩，隨處可見的明亮色彩！」

卓拉姆沒有跟進屋子裡來，他把最後一桶油漆搬進來後，就關上門回他自己的車庫裡，連聲再見都沒說。媽媽的行為雖然怪異，但她很快樂，所以我也很高興。那些油漆都是明亮色系，有黃色、橘色、粉紅色、綠色和藍色。我清點油漆數量，光是那座金字塔就超過二十桶了。她還買了塑膠套，用來蓋住地板和家具，還有滾桶、油漆刷和膠帶等等，所有用具一應俱全。或許是卓拉姆幫她想的，思慮周到可不是她的作風。

媽媽笑著把塑膠套攤平在地板上，「我們要來改變生活嘍！」她大叫著，一邊把粉紅油漆倒入平盤，連家具都還沒移開。「新顏色！溫暖又愉悅的顏色！生命和幸福的顏色……」她對我微笑，邊笑邊轉著圈，仰頭對著天花板笑。「選個你自己的顏色！諾貝爾男孩，你喜歡什麼顏色都可以！」

我們的書和雜誌放在客廳中間，並蓋上塑膠套，像座隆起的小山丘。我們邊漆邊把書架和家具移開，整個過程有點手忙腳亂，最後家裡亂糟糟，除了被塑膠套蓋住的地方以外，每一處都被染上了油漆。

我們邊漆邊笑的忙到晚上，還一起喝了汽水，並把盒子裡的穀片吃光。媽一直說話，不停地說話，她說得太快導致我幾乎跟不上，但沒關係，她有笑聲就好。我也笑著，家裡每一處都染上了亮色的油漆，我們甚至還打了一場油漆戰。

約莫凌晨三點鐘，我總算入睡了，到了鬧鐘鈴響我得起床去上學的時候，媽還在刷油漆，但她沒有叫我起床。

她喜歡在早上叫我起床，她會站在門外，用溫柔的語氣叫我寶貝，跟我說「該起床了」。她總是這麼叫我起床，有點幼稚，但我不在意。

然而，我不能老是靠她，因為那很不保險，有時她並不叫我起床，所以我還是會設定鬧鐘。

到現在，我還留著那晚穿的衣服。週末的時候，我喜歡穿著它，因為衣服上面還留著那天潑到的油漆，能讓我想起那天我們有多快樂。那些油漆已經快被洗掉了，但還是可以看得出不同的顏色。有時候，媽看見我穿這些衣服，會對我微笑，雖然她好像已經不記得那天究竟發生了什麼事。

結果證明，那些新藥物的藥效可能也不怎麼好。日子一天一天過去，媽媽不停地刷油漆，每次我放學回家，她就會選個新顏色，等她漆完整個房子，便用不同顏色的油漆再漆一層。有時候她甚至等不及油漆乾，就把不同顏色的油漆塗在同一面牆上。

家裡看起來一團亂。她也只出去過一次，就為了買油漆；之後，她又回復舊慣，不再為了日常瑣事出門（例如去購物）。剛開始，我還希望一切都會變好，她會正常出門，會講電話，會做一般的事……但情況並非如此。她依然請我和卓拉姆幫她出門辦事，而她所做的事，就只有留在家裡刷油漆。

漸漸地，刷油漆也不再讓她那麼快樂了，雖然她還是不停地刷。她看起來很累，而且不再笑了。有時候，她拖著刷子，兩眼無神地刷過牆壁，那副樣子會嚇到我。之後，她又開始能走出家門，不過出門時間是午夜。白天時，她依然不做其他事情，只有午夜時分，她會離開家，在社區裡晃來晃去。我很氣自己竟然還期待她再次走出家門，我原本不是這樣的。但我也知道這不是我的錯，有些事並不是期待就會發生，不管好事、壞事都一樣。

有一次，警察帶她回家。那天我沒看住她，因為我睡著了，不知道她出門。後來門鈴響起，我從窺視孔看見她站在外面，身上穿著睡衣，赤腳踩在地上。身旁還有兩名警察，站在警察中間的她看起來好弱小，即使她身高比我高。警察在路邊攔下她，因為她異常駕駛。那晚，她開的是卓拉姆的凱迪拉克。

看見我的時候，她對我微笑，然後給我一個擁抱，邊笑邊搖頭。她解釋說自己是在夢遊，警察們用憐憫的眼神看著我，問我爸爸是否在家。我向他們說了卓拉姆這個人，說他不在家，因為他晚上出門工作。我小心翼翼陳述，讓他聽起來像是我媽的男朋友，或是和我們住在一起。警察們也相信了，但如果再發生這種事，他們會找他談談，然後我們的麻煩就大了。

卓拉姆發現她曾開走他的凱迪拉克後，非常生氣，雖然那輛車完好如初。他沒有對媽大吼大叫，但嘴唇抿得好緊。由於媽媽拒絕跟他談，所以後來他在門外大吼，她在屋裡都聽得見。他大聲說，如果再發生這種事，他會搬走。

他喃喃地說她瘋了，但只有我聽見，因為我就站在門邊。我不喜歡聽到這句話，卓拉姆也發現了，因為他看了我一眼，然後說：「抱歉，小鬼，」說完他又開始對媽大吼，問她懂不懂，要是她敢再碰他的車，他就會離開。

她沒有答話，但卓拉姆離開之後，她開始哭泣。我知道那是因為她並非故意開他的車出去，只是不知怎麼就發生了。而且她也無法保證此後不再犯，因為就算她不想，這種情況還是可能會重複發生。而如果卓拉姆離開了，就沒有人會幫她去辦那些我還不能辦的事。

在那之後，卓拉姆買了個掛鎖，鎖住車庫門。而我在前門加了條鎖鏈，媽入睡之後我就會鎖上。我希望，如果半夜她要出門，開鎖的聲音能吵醒我，如此一來我便能阻止她，因為那樣出門很危險。而且如果她又開凱迪拉克出去，卓拉姆就會搬走，到時候我們就麻煩了。

過了一陣子，她不再刷油漆，又回復到以前的樣子，每天坐在家裡看電視、讀書、翻雜誌，我想是因為藥效已經無法達到剛開始的效果。家裡還是一團亂，但我習慣了，也沒那麼糟糕，就是有點不一樣而已。

大多數的油漆桶仍放在客廳地板上，我慢慢把它們移到家具或緊閉的窗簾後面藏起來，也把空桶子丟掉，還把油漆刷、塑膠套和其他用具藏在洗衣機後面。

但我沒辦法遮掩漆到一半的牆壁，也無法完成它。我曾試過漆完它，但媽卻很生氣。有時我會想，是否該把剩下的油漆丟掉，但我做不到——我總覺得那面牆還沒漆完。

第四章

今天是羅斯先生出差的日子，早上我先去他家拿鑰匙。他帶我認識環境，房子並不大，和我們家差不多，但是看起來空蕩蕩的，好像才剛搬進來似的。其實他在這條街上已經住很久了，或許是因為沒有老婆小孩，家裡才會這麼乾淨整齊吧。

他請我每天過來餵魚，同時得檢查水溫、確認暖管正常運作，這樣裡面的魚才能存活。此外每個星期還得除一次草、收一次信。「我可不希望回家後，發現我的魚被凍死，或是被炸來吃了。」他做了個怪表情說。

他家的魚缸很大，裡頭有十多隻色彩鮮豔的小魚，有些甚至已經懷孕。我看著魚兒在魚缸裡游來游去，彷彿永無止境，好漂亮、好神奇，似乎是只有在國家地理這類頻道上才看得見的美景。

但這魚缸挺髒的，玻璃霧濛濛一片，枯萎的植物漂浮在水面上。

羅斯先生咯咯地笑著，大概是發現我注意到魚缸很髒。「這魚缸不怎麼乾淨，是吧?」他搖著頭說。「原本我以為，養魚可以排遣寂寞，又不需要費太大心力照顧，後來才發現要維持這個大魚缸還挺費力的。我應該把它丟了，換個小一點的，留一、兩隻魚下來就好了。你認為呢?」

我搖搖頭說：「這魚缸很酷耶!我覺得你應該把它留下來。」

「我不太清楚這酷不酷，但我確定它很髒。你清洗過魚缸嗎?」

「沒有。」但我已開始思考要如何清理魚缸：應該先把魚撈出來，淨空整個魚缸嗎?或是一邊刷玻璃，把魚留在裡面也可以?底部的礫石又該怎麼清理呢?

羅斯先生伸出手，拍著覆滿海藻而呈現一片綠色的玻璃。「如果你覺得做得到，這個工作就交給你了，我懶得自己動手，但交給專業人員清理又得花一筆錢。你意下如何?」

我知道自己會喜歡這份工作。我喜歡推算該怎麼去做這樣的事，也喜歡動手清理之後，東西看起來煥然一新的感覺。清潔魚缸、顧好魚兒不讓牠們受傷死亡，應該會是件很有趣的事。

「當然，」我希望一切都能順利，希望羅斯先生回家時，魚兒不會死在那乾淨到要命的水族箱裡。「好，我會負責清理。」

「太好了，」羅斯先生打開魚缸下方的櫥櫃，手指著裡面說：「清潔用品都在裡面，應該夠用，或許還有剩呢。」

「現在嗎？」我問。我還沒準備好呢。

羅斯先生聳聳肩說：「不必這麼急，這很花時間的。」

「我得先去圖書館找些書，做點功課，好確定清理步驟都沒錯。」

他看著我，露出好笑的表情，點點頭說沒關係。我想並非所有人都喜歡去圖書館查資料，一般人通常都是上網查。是我媽教我去圖書館的，每次她無法回答我的問題時，便說在圖書館裡幾乎找得到所有資料。等我隔天去過一趟，就有答案了。我們有一台老舊的筆記型電腦，速度很慢但還堪用，我會用它查資料，但去圖書館也很不錯。我愛電腦，然而從圖書館的書堆裡挖出答案時，也別有一番樂趣。

媽媽時常提醒並確認我找到問題的答案，所以如果我有任何疑問，或想學點新的事物，一定會去查個清楚，這就是為什麼我會知道一些其他小孩不一定知道的事。

我常用那台筆電玩遊戲、做作業、查資料，或是瀏覽諾貝爾得獎人的相關訊息。有時候，我會在腦中寫封信給我的諾貝爾父親，好似要用那封信在網路上尋父。我想像著，有一天他可能在電腦前、在火車上，或在其他某個地方，也許一邊講著電話，一邊讀到我的信。也許他擁有一間高級的辦公室，會坐在辦公桌前讀信。他可能是知名大學的教授，有自己的網站，上頭列出所有研究成果、著作以及獲獎榮譽。

說不定他的辦公桌上會放著家人的照片，裡面可能有個和我長得很像的小孩，一瞬間我的人生裡就多了父親，再加上手足，甚至還有個繼母。不過我很害怕去想這些事，那些都只是我腦中的白日夢而已；因為，如果我有另一個母親，媽媽應該會很不高興，即便只是個距離遙遠或僅在網頁上看到的人都不行。

我腦中的信文總是很冗長，若真的寫出來，可能會一頁接著一頁沒完沒了，而且我經常在入睡後，還繼續想著信的內容該寫些什麼。

我時常在夢中見到我的諾貝爾父親。

「我希望能用金錢換給你最好的基因，」夢裡面的媽媽這樣說，就像她以前對我說過的那些話。但是我看見她開始揀拾我躺平的身體，把我一部分的肢體拉掉，往後一拋，一邊說著：「這些不夠好，要換一下。你應該得到一個更好的身體，你值得的！」

我的諾貝爾父親站在她身後，非常迅速地撿起殘肢並丟進某個橘色塑膠盆。我曾在某張嬰兒的照片裡見過那種塑膠盆，當時我在裡面洗澡，照片裡的我全身赤裸，正在尖叫，頭髮上還有肥皂泡沫。接著，夢境聚焦在我的諾貝爾父親身上，因為我努力想看清楚他究竟長什麼樣子，想記住他的長相。然而，我只看見一團黑影，無論怎麼專注地凝視，視線所及的部分總會變成一抹微光，然後消失無蹤，他的臉就只是一團黑暗而已。

夢裡面，我媽繼續揀、丟我的身體，諾貝爾父親也繼續撿起那些殘肢，我感覺自己就要碎落一地，一半的我不見了、一半的我消失了，眼前的一切都是黑白，所有事物交融成一場灰色的暴風雪，就像電視上會出現的黑白嘈雜畫面。最後我看見諾貝爾父親的微笑，那是個炫目而閃爍的畫面……但一切都來不及了……我已經消失了。

醒來時，我發現自己已經從床上坐起。廚房裡傳來熟悉的聲音；偶爾，我在學校裡也會聽見這樣的聲音，就是把M&M巧克力倒出來以顏色分類的聲音。

媽媽又起床了。

幾個小時前，她才上床睡覺，但現在又起床了。而且現在三更半夜的，真不是個好現象，這個熟悉的聲音更帶來不祥的預感。

我下了床坐在地板上，倚著門邊，把頭靠在牆壁上。我總是把枕頭和毯子也一起帶過來，因為依照經驗，我得這樣坐上好幾個小時。我開始痛恨地板的硬度，身體也覺得寒冷。

我悄悄把房門打開兩、三公分。我有固定替門軸上油，所以開門不會有半絲聲響。雖然透過門縫的視野只有一小部分，但我看得見她坐在廚房餐桌前，手放在桌上，雙腳在桌面下，還看見好多藥罐以及一堆堆的藥丸。

這是她的儀式。裝滿藥的罐子放在左手邊，她會把罐子裡的藥倒在桌上，堆成一小堆，然後把那堆藥推到她的右手邊。整個畫面看起來，就像一幅主題為落磯山的漫畫，而旁邊還有好幾罐藥等待處理。

她會囤藥。照理說，她不可能一次拿到那麼多藥，所以應該是醫生開了很多次藥的累積，而她每次都只吃一點，留下一部分，這樣做已經好幾年了。每次我發現那些藥，都盡可能丟棄，但我只能丟掉那些她不會發現的藥，所以應該沒什麼作用。

有時候——大多數的時候，她只是在玩弄那些藥丸，像小孩子收集貼紙或硬幣一般。她會依照顏色、大小及形狀來分類。曾有一次，我花了好久時間才破解她的分類邏輯，發現原來她是以藥物的危險程度來分類的，看哪一種藥能讓她以最簡單的方式，再次躺在擔架上被抬出去。

有時她會用藥丸在桌上排出圖案，很簡單的圖，像是小孩子畫的房屋，或是笑容扭曲的臉龐。

有時是字，有時是諾貝爾的標誌。

有時她會在餐桌上睡著，如果只是這樣就不要緊，因為那是酒精的效用，無關藥物。然後我會悄悄把那些藥放回原位，隔天一早，她甚至什麼都不記得了。

有時，她會把藥丸恢復為原來的分類，然後把藥丸刮到桌邊，集中倒在手掌上，再把藥倒回原本的罐子裡，物歸原位，嘆著氣關上浴室櫥櫃的門，彷彿還不甘願就這樣和它們道別似的。

在這之後，我總會再次確認每個罐子裡的藥都和標籤一致，這樣她才不會搞混，不會吃錯藥、記錯時間或用錯藥量什麼的。我從圖書館偷了一本書，幫助我確認藥物。藥罐上當然有標籤，但如果藥丸放錯藥罐就很難發現，而那本書有藥品圖鑑，幫助很大，雖說很多藥丸看起來都差不多。

我只偷過這本藥物的書，因為我不敢用借的。之前我借了一本醫學教科書，當時，圖書館員用好笑的表情看我；其實我只是想查查媽媽的病，看是否會遺傳什麼的。於是我告訴館員，我正在做關於心理疾病的報告，他們看起來是相信了。我真的不希望圖書館的人也在背後對我指指點點，被學校師生和鄰居說閒話已經夠糟糕的了。

我不喜歡偷東西，這不像諾貝爾男孩會做的事。但我需要這本藥物書，裡面有藥物的圖片及辨識方法，而我得弄清楚它們。媽媽所吃的藥，這本書裡大部分都有，其他幾種沒有的，我還是查得到。我希望醫院別太常換藥，這樣我才不用再偷其他書。

通常我媽只是把玩那些藥。但也有時候——目前已有兩次記錄——她把填滿整個手心的藥丸放進嘴裡，咀嚼，然後吞嚥，之後再吞下第二把藥丸。我在旁邊看著這一幕，心臟重重地跳動，彷彿就在耳朵裡搏動而非胸腔。看著她，我彷彿能真確感覺到所有藥丸都卡在喉嚨裡。她會拖著腳步回到床上或浴室，或者直接在餐桌上睡著，總之，她沒把藥物全部吐出來。我得衝出去抓起電話叫救護車了。

這一次是第三次了。

第五章

媽媽被抬上擔架送到醫院後，我和卓拉姆坐在客廳裡，好長一段時間我們都靜默不語。他直盯著地毯看，我很納悶他究竟在想什麼——恐怕不是好事。

他並不想被捲入這件事，但已經來不及了。現在他對外略微裝出是媽媽男朋友的樣子，表示他會照顧我，這樣一來，我就不是被獨自留在家中的小孩了。

依舊是一片沉默。我坐著等他開口說些什麼，因為我不想冒險先說話。原本我很擔心媽媽，但她已經被救護車載走了，所以擔心程度略微減輕一點。畢竟這是第三次了，而前兩次她都沒事。

最後，卓拉姆總算把頭抬起來，不再瞪著地毯。已經有很長一段時間沒進過屋內的他四處張望，看著漆到一半的牆壁。突然之間，我也覺得這面牆壁看起來好陌生。

我應該要習慣的，但那面牆看起來真的好髒亂。

我們沒有梯子，所以只把新油漆刷到伸手可及之處。那時我並不在意，反正媽媽在笑，而且顯得很開心，那時她說話的速度快到讓我無法接話，但我們有新顏色、明亮陽光以及歡笑聲，整個世界像是鮮明的彩虹，伴著未乾的油漆閃閃發亮。

現在，牆上的油漆呈現一條條凹凸不平的紋路，不同顏色的油漆彼此覆蓋，有些地方有兩種顏色，有些有七種，還有幾塊地方的顏色混成一團黑色的泥濘。

卓拉姆搖搖頭。「小鬼，你別誤會我說的話，」他對我說，並伸手指著周圍牆壁上不同的顏色，臉上幾乎露出笑容，「但你媽媽真的很瘋狂。」

「我知道，」我回答。突然間我覺得那漆到一半的牆壁好好笑，於是我微笑著，卓拉姆也露齒一笑。但接下來我便為自己的笑意感到難過，因為我還記得那晚，當暈開的彩虹成了我們的世界時，媽媽臉上的笑容是那樣燦爛，我同時也記起了，今晚她從家中被抬出去的時候，她臉上的黯淡，灰得像大雨傾盆前的烏雲。

「你應該睡不著吧？」他問。

我搖搖頭。我很累，但今晚應該不會再睡了，感覺上肌肉需要休息，但我的腦袋卻不想。

卓拉姆站了起來，環顧四周，他注意到我堆在沙發後的那堆油漆罐。他把沙發推離牆壁，檢查那些油漆，拿起罐子，讀著上面的標示，然後打開罐蓋，並伸進一隻手指。

「還可以用，」他喃喃地說，並把染綠的手指放在牛仔褲膝蓋部分上擦抹。接著他打開另一桶亮粉紅色的漆，卓拉姆搖搖頭，臉上露出噁心的表情。「小鬼，我們來把這些地方漆完，怎麼樣？」他邊問，邊打開第三桶，「再怎麼樣也不會漆得比現在更糟糕。油漆刷在哪？」

我把藏在洗衣機後面且用塑膠袋裝著的油漆用具拿給他。卓拉姆翻著袋子，但卻皺起眉頭，他把刷子和滾桶丟進鋼槽時我終於明白，因為那些工具都不堪使用了。我媽不再刷油漆後，我也不曾清理過那些工具，所以上頭都還留著又乾又硬的油漆。

「這些不能用了嗎？」我試探性地問。

卓拉姆搖搖頭。「沒辦法用了，最好把這些垃圾丟掉。我車庫裡還有工具。」

他從車庫裡拿出白色油漆，和媽媽買的亮色油漆混在一起，調配出柔和的顏色。新油漆讓我們的房子充滿輕盈明亮的氛圍，取代了之前大膽又鮮明的顏色，頓時，我感覺之前那些鮮明色彩好像小丑身上的衣服。

他還帶了個梯子和延長竿來，這樣我們就能一路漆到天花板。我們小心翼翼地行動，不讓油漆滴到家具或地毯上。卓拉姆還教我如何將家具上之前沾染的油漆洗掉，但也不一定每次都有效，有些髒污，不管我如何擦洗就是洗不乾淨。

「小鬼，你的房間呢？」他問。我猶豫了一下，讓他看自己房間令我感到緊張，裡面有諾貝爾獎標誌的圖片、科學書籍以及化學模型，都是些討人厭的東西，一點都不酷。

卓拉姆聳聳肩往廚房走去。

「在這裡，」我對他叫道，並打開房門，決定不管他怎麼想了，就算他覺得我是個怪胎也沒關係，我希望房裡也擁有新的顏色。

他進到房裡，我的房間看起來好狹小。他四處張望但並沒有說什麼。「好。那你想把這裡漆成什麼顏色？」

我拿不定主意。我們試了好多種顏色，用不同的油漆調色然後在牆壁上試刷，最後整面牆看起來像是媽媽的舊被子般五顏六色，而我還是無法決定。

最後卓拉姆笑出聲來，那僵硬的聲音令我想起他那輛凱迪拉克。他把我推出房門，要我負責把媽媽的臥房換個好一點的顏色。我把自己的房間交給他，感覺鬆了一口氣，我相信他比我還清楚我需要的顏色。

卓拉姆放起搖滾樂，我們整晚都在刷油漆，就像之前媽媽和我一樣。

但這一次，牆壁上的色彩終於完整了。

媽媽的病床是離房門最遠的那一張，旁邊就是窗戶。我走進房裡，筆直地朝她的床位走去，小心迴避著其他人的眼光。房裡有好多人，都是來探望病房裡的另一個女人。

媽躺在病床上的時候，看起來整個人總是特別小隻。然而這張床本身已經夠窄小了，窄到她要我坐在床邊我都覺得不舒服，但椅子全被其他訪客們佔去了。

我把她最愛的巧克力放在床邊的小桌上，在那站了一會兒，思考著我是否該去走廊上找椅子。這時有個訪客推了個椅子給我，臉上露出一抹微笑，好似向我道歉他偷了那張椅子，我點頭回應，然後坐下。

媽媽微笑著，卻仍然沒有看我，她專注地看著我買給她的糖果，慢條斯理地拆開巧克力的包裝，留下長條捲曲的廢紙，露出兩三公分的巧克力。她把巧克力對半分給我，但我搖搖頭。

現在我安穩地坐在床邊，這裡沒有任何人竊竊私語，或是偷偷問起我們。我很高興房裡有很多人，越多人在旁邊，我和媽媽就越不需要交談，因此也不需要說謊，不必碰觸彼此，也沒有令人窒息的擁抱。若單獨相處，她可能會說她不是故意要這樣，卻從來不解釋「這樣」是怎樣，也不解釋這種「意外」為何會再度發生。

她撫摸著我的臉頰，告訴我她愛我，她會說：我是她的諾貝爾男孩，是她活著的一切理由。只有在醫院的時候，她才會這麼說。回家之後一切會恢復原狀，我們不會再提起醫院，或者這次「意外」。

我帶了雜誌過來，是在上學途中經過書報攤買的。我從包包中拿出雜誌，在她眼前揮了幾下，然後放在床上，像例行公事般。這已經是第三次了，我想現在應該稱得上是例行公事沒錯。

我一共帶了三本雜誌，一本給她，一本給我，另一本則給先看完手上雜誌的人。三本雜誌，夠我們讀的了。

凡是科學雜誌，媽媽都很喜歡，但其中她最喜歡的是有關大自然主題的雜誌，所以我帶了《科學人》、《自然》以及《新聞週刊》。我讓她先選，如我所料，她選了《自然》，我先看《新聞週刊》，等著看她是否有問題要問我。

通常，她會很高興我關心時事、閱讀報章雜誌或是收看新聞頻道。但有時她會搶走並撕裂我手上的報紙雜誌，尖叫著說：這世界太可怕了，小孩子不該知道那麼多，我不該看這些東西，不該看電視新聞，也不該碰報紙。她要我當個真正的小孩，保留單純的天真，活在美好溫暖的世界裡，裡頭只有明亮色彩與豔陽藍天，沒有煩惱憂慮。

我照著這個世界的真實方式生活，卻惹她生氣；我認為這不太公平，因為這並非我的錯，也不是這世界的錯，同時也不是我活在這世界的錯。但我想，人生本來就是不公平的吧。

這次，她並不介意我閱讀那些關於戰爭和政治的新聞。她專注地看著手上的雜誌，但我不認為她真的讀進了腦裡，因為她的視線不曾移動，只是定定地、一動也不動地看著頁面左上角。

我專心閱讀那篇關於東非地區的報導，但我感覺頭痛且肩膀僵硬，因為昨晚我幾乎沒睡，而今天仍然照常去上學。

這已是第三次發生意外了，我很害怕社工會把我帶走，送我去寄養家庭，留下她獨自一人。這樣我就不能去送報，也不能幫羅斯先生工作，於是我將永遠存不了足夠的錢，無法找到我的諾貝爾父親。

因為我希望卓拉姆能幫上忙，所以曾向他們提過他的名字「卓拉姆先生」，這樣一來我就不必坦承自己根本不知道他的真名。我還說，媽媽不在家的時候，他總會照顧我。

但我沒說，媽媽只有被送到醫院的時候才會不在家。

放學後，我先去醫院看我媽，回家時，卓拉姆從車庫裡叫住我。我走過去，他邊替凱迪拉克上蠟邊跟我說話，長髮落在臉部前面蓋住眼睛，他彎下身擦拭著轂蓋，聲音從下頭傳來，形成怪異的回聲，害我聽不太清楚。

「今天社工來過，」他說。「是為了你的事。」

他暫停打蠟，把抹布丟到一邊，雙手緊抱在胸前認真地看著我。他的臉色很可怕，看起來真的就是個嚴肅的大人，而且預備對我說出重要而嚴肅的事。

「小鬼，我不能老是罩你，抱歉。」他搖著頭，臉上瞬間露出一絲抱歉，但很快又恢復為困擾的表情。他抓起另一條抹布，在車身上擦來擦去。「我不想這樣，我做不到。」他咒罵著。「我才不要把名字留在他們的檔案裡，他們會去查我的背景……我不要負這種責任。你懂嗎？」

我什麼話都沒說。

「我要說的是——下次我不會再幫你了。那是他們的工作，不是我的，懂嗎？」

我搖搖頭，心裡有話想說，但卻不知道該講哪一句，所以我什麼都說不出來，那些句子哽在喉嚨裡，每吸一口氣，就感覺到那些話語刮磨著我的喉嚨。

「他們不是壞人，你應該很清楚，沒什麼好擔心的。照顧像你們這樣的孩子是他們的職責。」當卓拉姆說出這些話的時候，我感覺胃部一陣痛楚，因為我發現，他根本什麼也不明白。社工不能把我帶走，因為我媽無法一個人生活，把我帶走是無法解決問題的。

我想對他說出這些，但我做不到。他又丟給我一瓶玻璃清潔劑，再次以明亮的聲音說：「嘿，你幫我把所有窗戶清乾淨，我付你二十美元，怎麼樣？」

二十美元真的太多了。他不肯幫我，所以拿錢打發，這令我很生氣，我不想拿他的錢。但我沒有爭辯什麼，因為我需要錢，現在我更得要快點找出父親了。所以我什麼話都沒說，拿起抹布，開始工作。

整整一個小時，我們各自做事，一句話也沒說。當卓拉姆看見車窗和鏡子乾淨得發亮時，就把二十美元的紙鈔摺成飛機，丟到我身邊。

我很沒禮貌地甩頭走人，沒跟他道謝，但我想他也不會在意吧。

媽媽已經住院三天，而今天羅斯先生回來了，比預定時間提早兩天。我看見他的車停在車道裡，所以就只丟下報紙，沒有收信。他發現我在外頭，便揮手示意要我進去。他看到魚缸時相當驚訝，因為我將裡頭所有東西都清理過了，石頭、礫石、塑膠玩具等，全都乾乾淨淨的，連植物也清洗了，玻璃亮麗如新。洗魚缸其實不難，只是得多花點時間而已。

「而且這些魚都還活得好好的呢，」他邊說邊笑。「我原本以為，回到家可能會發現有一、兩隻翻白肚哩。你覺得這樣該收多少呢？」

我不知道該怎麼回答，所以只是聳聳肩。羅斯先生說，若我答應每個月幫忙清一次魚缸，他會付我一般專業清潔收費的一半，而且這和除草、收信的費用是分開的。然後他付了我報酬，這份報酬比我預期的還多上很多。

如果他每次都付我這麼多錢，不久之後，我就能完成第一部分的計畫——分析我的基因。接著，我會繼續努力賺錢來實現第二個計畫——取得基因資料庫的數據。這就好像攀登聖母峰，登山者會以每次的紮營處作為短期目標，短期目標的總和就是最終目標。

接著，羅斯先生和其他人一樣，問起媽媽的近況，問她是不是很快就能回家。大家都知道她住院了，包括學校的老師和同學也知道。被他們知道其實還不算太糟啦，上次卓拉姆把那些學生趕走後，已經沒有人敢再欺侮我了；發生事情的頭幾天，我們班上那些人會特別注意我，也會竊竊私語，但這些也都還好。我只要努力一點，就可以假裝自己置身事外，與他們的討論無關。老師們則用怪異的眼神看著我，並時常拍拍我的肩膀。發現我準時交作業時，他們總會露出一副驚訝的表情。我不清楚他們究竟是怎麼察知我媽媽住院的事，可能真有祕密消息來源吧。

今天放學回家時，媽已經在家了。我一進門就聞到香菸的氣味，高興和憤怒的感覺同時交錯升起。也許我只是不確定究竟自己覺得怎麼樣，有時候，我的大腦就是無法分辨自己的感覺。

一見到我，她立刻給我一個擁抱，不是很緊的那種擁抱。媽媽才剛回到家，所以家中還有個陪她一起回來的人，可能是護士或社工或什麼的吧，還好她只問了幾個問題就離開了。她拍拍媽的肩膀，並說期待下週在鎮上見到她，所以我猜她們可能約好下星期會面。

媽媽完全沒提起我們新刷的牆壁。客廳已經煥然一新，不僅因為牆壁漆上了新的顏色，原本堆在沙發和窗簾後的油漆桶也已被清空，窗簾不再突出一塊。但她似乎什麼也沒注意到。

我先做功課才吃晚餐，但或許因為心不在焉吧，我被一道化學難題困住了。媽媽發現我不停地咳聲嘆氣，於是便掐滅菸頭，不抽了。她喜歡幫我解決課業問題，國小一年級時，我們還會一起做作業，一起趴在地板上，像兩個小朋友。但後來她認為我應該獨立思考，所以唯有我提問或看似煩惱的時候，她才會插手。有時候根本沒什麼問題，但我還是會向她求助。

「這次是什麼問題？」她的視線越過我的肩膀，看著書本。

「化學的問題，」我說。「我的化學最差了。」

「怎麼會，」她彷彿認為我的話很荒謬。「你可是有諾貝爾基因的。」

這正是化學令我憤怒的原因，因為我「應該」能理解它，但它老是跟我作對。

我丟下鉛筆。「媽，我不想當什麼天才，我想做我自己。」

她挑著眉看我。「這不像是一個有諾貝爾基因的小孩該說的話，太不合邏輯了。」她拉出一張椅子坐下，從我手裡取走書本。「你會發現自己更有價值的，現在，我們一起來看看……」

在我媽的幫忙下，那個化學問題解決了。有時候，吃藥會使她思緒不清，害她無法教我功課，她每次都會為了這種事哭泣，但我很高興這次的新藥不會這樣。

做完功課之後，我們沒再交談，我做了三明治當作兩人的晚餐，同時她翻閱著我其他的課本。晚點我還要再問她其他功課，雖然那些我其實都會做，但我知道，幫助我能令她感到快樂。

共進晚餐時，我終於問了她是否喜歡牆壁的新顏色，她東看看、西看看，一臉驚訝地點點頭，並說這樣很好。她沒問我「怎麼辦到的」或其他問題，我想她大概不在意那些事吧。

媽媽現在得吃更多的藥，全新的藥。我不懂，這些藥不僅害她進醫院，還差點讓她送命，為什麼他們還不停地給她更多藥？

或許因為這些藥比較不危險吧。但我想，就算是危險藥物，她可能還是得吃，就像人們還是得開車、喝酒、抽菸、用電鋸，即使這些都有危險。

然而，看著她把新的藥罐放進浴室櫃裡，我的胃便感到一陣抽痛。她沒有把舊的藥丟掉，她從來不丟；而我又丟不了多少，我實在不敢亂動她每天都看得見的東西。

媽媽上床睡覺後，我從偷來的書上查到這款新的用藥，知道它的用量、副作用，以及與其他藥物、酒精的交互作用。我把這些資訊記在舊的數學本上，雖然我知道，即使不抄下來，自己也一定會記住她所有的藥物。

第六章

我很害怕新藥會像上次那樣，使得媽媽又開始刷油漆，繼而毀了卓拉姆和我努力漆好的牆壁。但這回的新藥似乎與之前沒太大差別，她沒有笑，也沒有哭。

從這些新藥看來，媽媽這次似乎被診斷出其他新的病症。或者他們只是在實驗，因為他們也不知道該如何是好。過去大部分都是針對憂鬱症開藥，這次並不是，這款新藥有助於許多不同病症，例如恐懼症和強迫症。或許是針對她的懼曠症❶所開的藥吧，或許這些藥能幫她走出這棟房子。

很怪。媽的行為和她所做的事，並非出於真實的個性，她真正的內在並非如此，因此只要一想到這件事，我就覺得怪異。現在她所呈現的是假的，是疾病，因為她腦

❶註：Agoraphobia，一種焦慮症。患者害怕人群擁擠，在封閉空間中通常會引發恐慌症狀。因此懼曠症患者通常待在家裡，對外出則感到困難。

中的物質失控了，在腦中造成破壞，所以導致她行為失常。

所以呢？剩下來的又是什麼？如果原因是疾病，而眼前的人並非真正的她，那麼真正的她又在哪？

也許只有找到正確的治療方式，我才能再見到她真實的一面。但如果這些藥物可以使她的大腦正常運作，一個人真實的樣子又怎麼可能由藥物操控呢？

關於這方面的問題似乎想得太多，害我開始覺得頭痛，但我還是不停地想。我會想這麼多，或許是暗自擔心許多疾病都會遺傳，我希望發病之前能做好心理準備。

好比說，我的諾貝爾基因。現在的我是真實的我嗎？或者，真實的我應該是由諾貝爾基因所構成的天才？

新的藥物沒什麼效果，至少我看不出來。媽媽什麼也不做，甚至也不太讀科學雜誌了——即使我每個星期都有買新雜誌。她總是坐在椅子上，就算沒有在看，也會打開電視。她開始愛上了我的扎針玩具，用手或其他東西壓著玩具表面，另一端就會形成3D圖樣，我小時候一直覺得它很酷。

媽媽很喜歡用手壓出圖形，她會先想個圖樣，再壓，然後看看另一端出來的圖樣和想的是否差不多。有時玩著玩著，她會突然爆笑，邊笑邊拿給我看，我通常無法看出她所說的圖形，但我會假裝我看得見。

媽媽常常說，那些扎針就像是基因，可以形成許多不同圖形。她認為我也可以創造出許多不同的圖形，我是有潛力的。她對我說，只要我下定決心，知道自己想做什麼，我的基因就會帶領我到達那個目標。

但事情畢竟沒這麼簡單。

媽媽也變得很愛玩俄羅斯方塊，那是幾年前她送我的聖誕節禮物，一個掌上型的遊戲機。我幾乎忘了這個東西的存在，但她不知道從哪找出來，自那時候開始，這遊戲機再也沒離開過她的視線範圍。她可以連續玩上好幾個小時、甚至好幾天，但她根本就不在意成績如何。有時，玩到一半，她會突然毫無理由地停下來，即使她已經快破了自己的最高記錄。

我絕不會這樣，我最喜歡破記錄了。

媽看起來並不是真的喜歡玩遊戲，至少，跟我喜歡玩電腦遊戲的感覺不大一樣。玩遊戲好像只是替代了她原本抽菸、發呆的行為。

我並不喜歡俄羅斯方塊，因為這是個沒辦法「贏」的遊戲，它沒有真正的終點，所以最後總是一定會輸；不管玩得多好、分數多高，最後還是會輸。

但我很高興她喜歡玩，因為她玩遊戲的時候就不會抽菸。照理說，我應該早就習慣菸味了，但我很討厭那個味道。一旦俄羅斯方塊遊戲機沒電時，家裡就會再度出現菸味，所以我必須時常確認家裡有足夠的電池。

羅斯先生應該明天晚上就會回來了。我繼續數著我的錢，結論還是一樣：我很快就能進行第一部分的計畫——分析基因，這是尋找父親的第一步。

但我試著壓抑心中的希望，因為實際上，這麼做是行不通的。但「希望」這種東西就是很奇怪，就算你知道失落難過會有多傷心，還是很難完全消滅那微弱的「希望」。

我邊想著父親的事邊爬上床，繼續計畫著我該如何找到他。入睡時，我的腦袋裡想著太多事情，於是到了半夜，被一場噩夢驚醒。我汗流浹背、上氣不接下氣——我媽也時常這個樣子。呼吸跟不上換氣速度，房間好似正在天旋地轉，逼得我想大聲尖叫，但我心知肚明這沒用的。我知道，只要繼續等待，一切不好的感覺都會過去，終於，我慢慢冷靜下來。

我常常做這個夢，這個夢總是告訴我：媽媽生病是我的錯，因為我原本應該是個天才，但卻不是，因為我不是真正的諾貝爾男孩。每次做這個夢，想到這些事，我就覺得好恨。

我知道自己沒辦法入睡了，於是打開燈，拿出那本諾貝爾書。最近我花很多時間看這本書，盡可能地刪除裡頭不可能的名單，想盡快找到父親。

我越想越遠，心裡總有種奇怪的感受。等到我做了ＤＮＡ分析，將結果輸入基因資料庫中，搜尋範圍降至四人、兩人或甚至一人時，接下來我該怎麼辦？寫信給他們嗎——就像我平常在腦中所寫的那些信，問他們有否可能是我的父親？

而找到我爸之後呢？他會想要我嗎？會像媽一樣，因為我不是一個天才而感到失望嗎？

每當我想得這麼複雜時，幾乎就要放棄找爸爸的念頭了。但這種感覺並不會持續很久，每當我看著諾貝爾的圖片，翻閱諾貝爾的書籍，我知道那是我最想要的。

他不想要我沒關係，我還是想找到他。

我必須知道自己來自何方。

我必須為自己貼上諾貝爾基因的標籤。

第七章

我是個謊言。

這世界上根本就沒有諾貝爾精子銀行，從來不曾有過。

這是昨天偶然發現的事，我幾乎不敢相信。但所有的網站都這麼說，我想這事實已經無庸置疑。很多人相信有這樣一間銀行，也有人一度想創立這種機構，但並不可行。媽媽口中的那種銀行既然根本不存在，也就沒有那種會保存上百位諾貝爾得獎人精子的銀行，也沒有所謂的諾貝爾之子。

全部都不是真的。

我早就該知道，早就該明白了，但竟然還相信了那麼長一段時間，我真是太笨了。她常常親吻我的額頭，並微笑著說，我對她而言是「美夢成真」，然而事實上並不是。

我猜我仍是以人工受孕方式生下來的小孩，只不過沒有諾貝爾基因；但即使是這樣的理由，聽起來也很愚蠢，就像一直相信諾貝爾基因那樣愚蠢。全都是騙人的，我並不是她生命中最美好的希望，我肯定是個因意外而懷上的孩子，是她從來不希望發生的事。因為太過渴望一切不曾發生，所以她選擇相信一個截然不同的謊言。

那我父親現在怎麼樣呢？人又在哪裡？他知道我的存在嗎？他會想知道關於我的事嗎？

我無法停止思考，不斷揣測自己是怎麼來的，以及種種可能發生過的事：我媽可能告訴過爸爸關於我的事，他聽完後的反應可能是微笑、落淚或是大吼。他可能有時會毆打媽媽，想到這，令我感到憤怒不已，這些可能發生的事，像部電影在我腦中輪番放映。很蠢，因為這些都只是想像而已。現在我已經很難想像他的模樣了，我無法再聯想那些諾貝爾得獎人的黑白照片，腦袋裡只剩下一個灰色的暗影。

現在，我不知道該如何是好。

剛開始我很氣媽媽騙了我，幾乎要衝到她房門前大吼大叫。但我強迫自己先坐下來，把整件事再想一遍。慢慢地，我發現事情可能不是一開始想的那樣簡單，說不定她甚至不知道自己騙了我。我想，她或許認為那個諾貝爾的謊言都是真的。

我若是告訴她這件事，她一定會哭。如果幸運一點，或許她會停止不哭，但就會開始生氣，然後我們就再也無法提起這件事了。此後我們會假裝一切都沒發生過，世上某處也還存在著我的諾貝爾父親，而彼此都會心知肚明這是個謊言。這樣的狀況真的只會更加糟糕而已。

我想維持現狀才是最好的方式吧。對她而言，謊言遠比事實更容易接受，事實只會讓她戴上氧氣罩，被抬到擔架上，送去醫院。

我想改變自己的房間，想丟掉那些諾貝爾的圖片、書籍，丟掉一切關於諾貝爾的謊言，但若不想被媽媽發現，我就得悄悄的做。我已經把那張諾貝爾標誌的照片換掉了，這樣一來，諾貝爾父親就不會在夜裡對我眨眼。但是媽媽一定會注意到這件事。

媽媽並不常進來我的房間。但每天晚上，在她以為我已入睡之後，她總會走到門邊來看我，一個晚上五次，除非藥物或酒精的影響讓她沒辦法做這些事。我會知道這些，是因為我其實都還醒著。而她就站在門邊，側影映在燈光下。好長好長一段時間，她會靜靜地看著我，而我半瞇著眼睛留意她，一邊假裝熟睡。通常她只待幾秒鐘就走了，但有時她會留得久一點，一動也不動地站著，我都不確定她有否在呼吸。有時，我會安慰自己這是在做夢，因為絕對沒有人可以站那麼久。

她會嘆口氣，正好是我聽得見的音量，而後把門關上。這時，我才能感覺到原本緊繃的肌肉突然鬆弛。我坐起身來，沿著熟悉的路線悄悄移動身體下床，如此彈簧床就不會發出聲響，接下來我會踮著腳尖走到房門邊，從門縫裡確認她安然無恙。

昨晚，我發現諾貝爾精子銀行根本不存在的時候，一陣驚恐的感覺襲來，這是恐慌症的症狀，我曾在圖書館裡查過的。

第一次產生這種症狀時，我以為自己生病了，感覺好像快要死了；但現在我知道，這只是心智在欺騙我。它讓我以為真的有什麼很嚴重、很危險的事情發生了。由於我無能為力，身體只好假裝正在竭盡所能地反應，於是心臟重重地搏動著，我無法控制自己的呼吸，眼前開始浮現光點，身體站不穩，非得躺下才行。

而現在，我已經知道該怎麼處理這種情況了。其實並不會很難，我只要安靜躺下來，等這一切症候過去就好了。同時，我試著放空腦袋，不停亂想只會讓情況更惡化。但是，昨晚我換掉諾貝爾父親的圖片之後，腦子就沒辦法放空不想，這樣真的很不好。

我討厭這種暈眩感，它讓我胡思亂想，覺得和媽媽同樣的疾病就潛藏在我身體裡，但我試著不去想太多。我想媽之所以會那樣，是她的作為導致，她總是想得太多，思緒變得混亂糾結，於是她就被困在自己內心的某個角落裡。

逃跑的念頭再度浮現腦海，但我知道我不可能那麼做。我會擔心留下媽媽單獨一人，沒人會管她喝多少酒、注意她吃多少藥，也沒人會做好三明治送到床前給她；畢竟有些時候，她根本不起床的。而當她需要救護車的時候，也沒人會為她打電話。

現在我不知道該如何是好。我感覺自己像是變成了另一個人，變得不再完整，彷彿有一半基因離開了我的身體，取而代之的是幾萬個小問號，在我身體裡不停地繞著旋轉著，好困惑。

我父親存在於這世界上的某個地方，一個真實的父親、正常的父親，不是諾貝爾父親。或許我還會有兄弟姊妹，那會是個真正的家庭，家人們不會露出難解如謎的微笑，我也不需要整個晚上監看著他們。我不會離開媽媽，但如果我有個父親，能偶爾去拜訪他們，或許這一切會簡單、輕鬆得多。

症狀減輕後，我餓了，於是走出房間。在我眼裡，媽媽好像變得不同了，雖然她就像平常一樣，坐在電視機前，看著電視；然而現在的她，看起來就像個陌生人，因為她竟然欺騙我這麼重要的事。也許我內心還是很生氣，但我說不出口，我好困惑。

今天是星期六，不用上學，我可以一整天待在家裡，看著媽媽，心裡想著她究竟為什麼要騙我，說我有諾貝爾基因。但最重要的是，我想問她：我的親生父親是誰。我思考著腦中的一大堆選項，卻總是找不出一個安全的方式，似乎無論怎麼問，結果都會是場災難，都有危險，都是陷阱。

我的視線從電視上移走，看見咖啡桌上放著一疊熟悉的手冊，是一些課程、進階班級與工作坊的廣告。我一邊吃穀片，看著這一切，感覺吞嚥困難。

我不想再參與這些活動了。以前我有意願，是以為我有個諾貝爾父親，我想多學習一些，也只是因為如果有天找到了父親，我希望能和他聊聊科學的話題，他會為我感到驕傲，因為至少我試著理解他的工作，所以就算他兒子不是天才，多少也能釋懷些吧。但現在看來，我已經沒有必要去了解化學、物理這些東西了。

現在我已經沒有「諾貝爾父親」，或許，做自己就不再是個不值得追尋的目標了吧。

我試著告訴媽媽這點，我想告訴她，做我自己就夠了，但當我開了口，那些話就完全哽住，半句也出不來。

我發出聲音，她抬頭看了我一眼，我只好聳聳肩。我無法告訴她，也無法問她。

她狀況好的時候，總會和我談諾貝爾基因的事，她最高興的事情就是翻閱我的剪貼簿，閱讀關於刺激腦力的書、科學書籍和雜誌，我們會談論科學和自然的話題，來激發我的諾貝爾基因。

我父親是誰，真的要緊嗎？

媽媽曾告訴我基因很重要，一半的我來自於父親。然而，父親來自於祖父母，祖父母又來自於他們的雙親，一代一代往上追溯，便會回到我在宇宙論那本書上讀到的「海洋原湯理論」。

於是我必須這麼想：我，來自時間開始的那個海洋原湯，每個人都一樣。

第八章

我無法停止思考父親的事情。

畢竟「海洋原湯理論」還是無法滿足我，於是我又讀了一次宇宙論書籍裡關於這個主題的章節。胺基酸、蛋白質、化學物質和閃電偶然相遇，構成生命緣起……我繼續迷失在這些知識裡頭，但這些還不足以解釋所有問題，問號在我腦中不停地轉，越轉越快，我必須找出答案。

我希望有人可以告訴我答案。除了媽媽以外的人，在我出生前就認識她的人。以前我也常問起外公外婆的事，但媽媽討厭這些問題，所以我很久沒再問了——就算我多麼渴望知道，也渴望像大多數人一樣有外公外婆。

上學期，我們在學校裡畫家族樹（也就是家譜），所以我再次向媽媽問起外公外婆的事。其實只是要問問名字，有了名字，我才能把他們填入家譜；不然我的家族樹看起來很丟臉，因為只有我跟我媽兩個人而已。

媽媽沒有回答，於是我再問一次，這回她說：他們過世了，過世的人名字並不重要。說完她火速衝入她房間裡，把門重重甩上。所以我必須自行編造兩個名字，填入家譜裡，接下來的晚上也要好好看著她才行。

問媽媽問題從來都不是個好主意。

諾貝爾基金會的標誌最後被收進抽屜裡，因為我無法忍受它繼續留在原位，我無法忍受那個藍色的N瞪著我看，彷彿在嘲笑我一樣。

也許我早就預料到會發生什麼事了，也許我移走圖片是為了讓她遲早能發現。於是，某個星期日早晨，原本那個時間媽媽應該還在睡覺，而她卻站在我房門邊，看著抽屜的上方，也就是那張圖原本的位置。

「你的諾貝爾圖放哪去了？」她問，感覺似乎有什麼事情要發生。原本我以為她會再多睡一個小時，所以我坐在書桌前用筆電，正再次瀏覽某間精子銀行的舊報導。那個機構曾被稱為諾貝爾精子銀行，在當時的計畫之下出生的孩子被稱為諾貝爾之子，然而他們並非真正的諾貝爾之子。媽媽的視線定在原本放著諾貝爾圖的地方，還沒有注意到筆電螢幕上的內容。

還沒有。

問號在我的內心盤旋，速度越來越快，並且不耐地大吼著。那些問號越來越尖銳而深刻，越來越揮之不去。

媽媽知道不是嗎？她可以告訴我呀。

我停止思考，不想說話，只是把筆電螢幕朝她面對的方向推過去，在一旁屏息以待。

一開始媽媽皺著眉頭，嘴巴張大，然後臉色變了。她一隻手放在我的椅背上，另一隻手撐著書桌，彎下腰來，緩慢又安靜地讀著那篇文章，好像它是什麼重大新聞或是幾乎被遺忘的外語那樣。她睜大雙眼，嘴巴無聲開闔地念著眼前的文字。

我知道我錯了，一顆心怦怦怦大力地跳著。

全都錯了。

我知道，她真的沒騙我，她相信這一切，相信我有個諾貝爾父親，她以為自己告訴我的是實話。現在，我親手把我們過去的生活，那童話般的信仰給撕成了片片碎片。讀著讀著，她的臉色漸漸蒼白，我想起她躺在擔架上的那副模樣。

這樣做是錯的。然而她還在讀。

耳膜裡傳來隆隆作響的聲音，喉嚨也很緊繃，我可以感受到心跳怦怦地推動血液流過全身。我冰冷的指尖觸摸著筆電的觸控板，感覺每一秒鐘彷彿都無限延伸，如坐針氈，但現在我束手無策，只能等待。來不及了，已經來不及把螢幕關閉，來不及把筆電闔上，也來不及把它藏起來或丟到地上，讓它碎成片片無用的塑膠和金屬。

我吸了一口氣，快速而絕望的一口氣，再次鼓起勇氣。這時，媽媽髮上那股清新的洗髮精香氣留在我的肺部，久久不散。

她緩緩讀著螢幕上的文字。她向來只需要幾個小時，就能迅速讀完我花了好幾天閱讀的雜誌，但現在她小心翼翼地注視著畫面上的每一個字。看到最後，她的視線停留在當前頁面最後一行，一動也不動。

她什麼也沒說，但我知道她想做什麼。我的手指放在觸控板上，把捲軸往下拉，螢幕上出現這篇文章的後半截。已經沒有什麼會比現在更糟糕的了。她還站在原地，還活著，還在呼吸，還在閱讀，我心裡燃起一股懷有希望的感覺，或許我只是太大驚小怪了。或許這件事沒那麼嚴重，或許也不全然是壞事。搞不好她會給我一個微笑，聳聳肩膀告訴我事實，還告訴我父親究竟是誰。

文章的後半截出現在螢幕上時，媽媽的視線也開始跟著移動，直到她讀完整篇文章，站在原地，毫無任何反應。她的視線還緊緊盯在最後一行文字上，網頁上已經沒什麼好讀的了，但她望著最後那些字，彷彿還希望我繼續把捲軸往下拉。

她可能還想多了解一些，或者她心裡可能期待著，網頁上會跳出一張大笑臉，對我們吐舌頭、扮鬼臉，然後說這一切都是笑話。或者，她在等著我對她解釋，這是我杜撰的文章，是學校作業還是什麼的。

起碼我還有這些理由。

不是嗎？

我用力咬著嘴唇，肩膀因為太過緊繃而感到疼痛。我等著她說些什麼、做些什麼，等著該發生的事，卻什麼也沒發生。她只是站在原地，而我仍坐在位置上。接著電腦畫面換成螢幕保護程式，一顆骰子滾啊滾地滾過一片天空。

然後她打了我。

因為太突然了，我甚至還不覺得痛。她抬起赤裸的腳往我椅子上用力踢，椅子被她踢飛到遠遠的一邊，我摔下去，手臂撞到牆壁。我沒站起來，只是看著她，這一切都太超出現實了，太像我那些瘋狂的夢境。她以前從來沒打過我，沒呼過我巴掌，從來沒傷害過我。但現在，她的雙眼裡有一股冷酷，彷彿她恨我，渴望傷害我，給我重重一擊。她過來了。

「媽，」我絕望地出聲。我的聲音像把鈍刀，劃破房間裡可怕的寂靜，她停頓了一下，眼神閃爍一下，但隨即又冷若冰霜。她無聲無息地朝我撲來，連尖叫都沒有。她舉起手要打我，指甲像野獸的爪，她像是變成了雜誌上那些兇猛的掠食動物，我彎起身體抬起手保護自己，抵抗著她的摧殘。她又甩了我一個耳光，整個手掌掃過我的臉頰。痛苦將害怕的感覺化為憤怒，憤怒的感覺不斷擴張，我終於從椅子上跳了起來，與她正面相對。

現在我長得幾乎和她一樣高了。

心臟在肋骨下方重重地跳動，那種過度興奮的感覺，好像是因為瀕臨瘋狂了吧，現在我真的憤怒到可以出手打人了，而且我真的會。是她先動手的，我要反擊。

我等著，等她再次出手，這次我絕對不會坐以待斃了。

但她沒有。她的手臂垂落在身體兩側，整個人往後退，呼吸聲變得尖銳明顯，幾乎像是痛苦的呻吟。她的視線離開我身上，最後落在電腦上，螢幕中依舊是愚蠢的骰子滾過宇宙的螢幕保護程式，遮掩著那篇可怕的文章。

她舉起手，我還來不及反應，她已抓著電腦的螢幕將它甩出去，螢幕旋轉著掉到後面，同時傳來一陣恐怖的碎裂聲。我搶救過筆電，將它滑進床鋪下，藏在她拿不到的地方，我不能讓她毀了可能幫我找到父親的工具。

我回過身時，媽已經離開了。

我追出去，找了好一會兒，但整棟房子彷彿被掏空了沒有其他人，這種感覺好駭人。最後終於在儲藏室裡找到她，她正把剩下的油漆一桶桶拖出來，每個急躁的動作都表現出瘋狂的意味，她的眉頭緊皺，兩條眉毛聚攏在一起，使她看起來更顯蒼老。

這時我心裡僅存的憤怒便迅速地消散，落在地板上，砸成了碎片。我好羞愧，我知道諾貝爾父親是希望、是夢想、是理想，不是個謊言。

我為什麼要這樣對她？

她將油漆桶一一打開，我蹲在她身旁，多希望今天的一切都不曾發生過，我小小聲地說：對不起，對不起。但來不及了，她不聽、不答、一個字都不說，彷彿我是空氣一般。我試著去握她的手，她卻伸手去拿另一桶油漆，什麼都不說地把我的手甩開。

我的嘴裡充滿血的鹹味，雙手冰冰冷冷，手足無措，完全幫不上任何忙，腦袋也感覺很沉重。臉頰上被她手指抓過的地方流下一小滴血，融進地上那攤綠色油漆裡，那是媽媽剛才撕開油漆桶包裝時，不小心濺得到處都是的結果。

最後，我回到房間，留下她獨自一人以及那些油漆。電腦沒有壞，但鎖鏈的部分壞了，不過也就如此而已，只要開關的時候小心點就好。

後來我試著入睡，但睡得不好，媽媽也完全沒過來看我。星期一早上上學前，我把筆電藏在房間的床鋪下，以防萬一。媽媽待在客廳裡，身旁是一堆油漆桶，看來她整晚都耗在那裡。我沒說再見就出門了，心裡希望回到家時，一切都能恢復正常。

放學回家時，媽正在唱歌，我停在半開的門前仔細聽著。唱歌可能意味著不同的情緒，有可能是好事或壞事；歌聲可能會變成大聲尖叫或一陣歡笑；也許表示她今天有準備晚餐，還想找我下棋；也可能意味著她正坐在茶几前，把藥丸往空中拋，並試著用嘴巴接住；也許暗示今晚她會和我一起看電視、一起大笑；或者，她會丟條毯子蓋住電視機，對我大叫，說我不該看電視，說這世界太過殘酷可怕，不適合單純天真的我。

現在，從她唱歌的聲音、語調，以及選擇的歌詞，我應該能分辨出其中的差別。我仔細聽著，但還是聽不出來，還要再等一下。

我緊張地窺看著客廳，很害怕自己會看見什麼。還好不算太糟，她正在漆電視機後面那道牆，那道卓拉姆和我一起將之漆成淡粉紅色的牆。但她並非換個顏色漆，而是在牆上畫門——一扇小門，大約是普通門框的二分之一大。她把它畫得很漂亮，門板是綠色的，上面有玻璃小窗，還有個顏色鮮豔的棕色門把，看起來很像一扇真正的門。

我從來不知道，媽媽原來這麼擅長繪畫。我在學校最擅長的科目是美術，但她不喜歡看到我在家裡畫畫，所以我就不畫了。學期末，我總會把美術作品帶回家，除了我很喜歡且安全藏進房間的作品以外，其他作品都會被她丟掉。她總是說，畫畫是在浪費我的時間和天賦，她希望我把時間用在閱讀、看紀錄片，或是坐著思考等方面。對於天才而言，藝術並不重要。

但現在不同了。現在很重要。

我沒有諾貝爾基因，只有一種能讓我畫得比班上其他人都好的基因——這肯定是遺傳自媽媽的。

這是個美好的基因、一種美好的天賦，是源自於我的母親而非諾貝爾父親。這個發現令我又驚又喜，心裡有股暖流流過，對於那些問號，我也已經不再感到那麼無力而憤怒了。

媽媽發現了站在一旁的我，她給我一個大大的微笑，舉著刷子對我揮揮手。她畫得身上到處都染上顏色，連臉上也有，就像之前我們整晚刷油漆的時候一樣。照理說，她的笑容應該讓我感到放鬆，然而並沒有；她太快樂了，而這樣的情緒隨時都可能崩潰，坍塌成絕望、憤怒，或是使得她開始把玩那些藥物。我謹慎地回給她一個微笑，小心翼翼微弱的笑，但作為回應也足夠了。然後我走向她。

「這個門真漂亮，媽。」我的聲音很小聲，甚至還聽得見自己聲音裡的憂慮，但是她又給我一個微笑，並驕傲地看著那扇門。

「這還只是剛開始呢，」她語氣很確定地對我說，並在門的中間慎重畫出信件匣的輪廓。「這是個開始，全新的世界、全新的可能性，所有事物都是新的……」她抬頭看著我，對我笑，她的視線已經飄到遠方。「一切都會很美好。」

我點點頭，看著她畫完信件匣，接著她開始畫門鎖。「我應該一開始就先畫門鎖的，對吧？這樣門才能立好。你看，這門還好好的呢，真是神奇，是吧？」

我點頭，坐下來看著她畫畫。她把所有油漆堆在一旁，還挖出我之前刷油漆的工具，家裡一團凌亂。但那扇門好漂亮，而她很快樂，當她這樣微笑的時候，我深愛著有如此笑容的她。我愛媽媽，即使我知道生活裡有某些事情是錯誤的。

媽媽繼續畫畫，即使天色已經暗下來，我們兩人也都沒有去開燈，她依然不在意，只靠走廊上那盞微弱的照明燈繼續畫那扇門，還一邊哼著歌。最後她總算伸個懶腰，對我笑笑，並蓋上油漆桶的蓋子。「這扇門太完美了，」她驕傲地說。「你說是吧？」

「是啊，」我說實話。「這扇門看起來就像真的一樣，很完美。」

然後她板著一張嚴厲的臉看我，令我想起小時候的事。她已經好久好久沒有這樣瞪我了。「可別亂開這扇門喔，諾貝爾男孩，」她說。「這門還沒畫好，上面的漆還沒乾。畫好之前，你都不能打開它喔，答應我好嗎？」

聽見她再次喚我諾貝爾男孩，我的心跳似乎停了一拍。看來她已經忘記昨天看見的網頁資訊，我總算鬆了一口氣。

我答應她不開那扇假門，她回我微笑，走到我身前來用力抱緊我，吻我的額頭。接著她走進浴室。我雙眼緊閉，腦中浮現藥物的畫面，並努力記數藥物安全用量。絕對不能忘記，我不停地在腦海中數著數量，確保她安全無虞。

接下來幾天，媽媽依然不停地在牆壁上畫許多個門，不曾停下來玩俄羅斯方塊或抽菸。我一如往常地上學、回家，心裡仍對自己犯下的天大錯誤感到罪惡。我太心虛了，所以總是無法在圖書館久留，也無法故意延遲回家，我只能刻意討好她，做她喜歡的事情。

但她臉上已經沒有了第一天的那種微笑。她靜靜地畫著門，那些門扇的模樣也越來越難看了，有些只是很模糊的長方形。她畫得很快，每一條筆觸都充滿憤怒，如果我打擾到她，她甚至會噓我。

我只能等待，期望著一切恢復正常。

有時候，我不是很高興她這樣毀了卓拉姆和我辛苦漆好的牆。我希望房子看起來很正常，但是，畫門總比她把玩那些藥物好。她不想停下來用餐，所以我做了三明治，並把盤子放到她身旁，等她打算換個顏色時，就會心不在焉地啃一口。

大多數時間我都待在房裡，這樣一來，她就不會突然想起發生什麼事。只希望她能忘記全部的事，讓我們再回到過去的謊言裡，回到我擁有一個諾貝爾父親的時光。我甚至把諾貝爾標誌放回原本的地方。我買了她喜歡的食材，希望誘發她做晚餐的動力，因為做菜時她總是很快樂；但她甚至沒注意到這點，所以只能吃我煮的，有時可能會焦了點或太鹹，但依然是她的菜、她的食譜。

以前她通常會給我一個微笑，對於我努力遵循她的食譜給予認同，但現在她不會了。她只是瞪著盤子，機械性地吃著食物，每吃一口都很規律地嚼十一下，每吃三口就配一口水。

這種機械性節奏通常不是好事，其實除此之外，生活裡還有很多不好的現象，但我試著不去在意。至少她還在畫門——沒有關燈躺在床上、沒有坐在餐桌前分類那些藥丸、也沒有躺在擔架上。

然後，希望的感覺又在我內心悄悄萌生。我想逃出去，找一個屬於自己的地方，一個不必照顧媽媽、擔心媽媽的地方，一個我不需要時時刻刻確認她還活著的地方。

我試著對自己產生憤怒的情緒，好把這些想法推開。我不會離開她的，我不能。

第九章

我又犯錯了。

我應該先確認油漆夠用的。

這一天，我下課回家的時候，發現有些空油漆罐被凌亂地棄置於門外，罐中殘餘的油漆因而潑濺了幾滴在地上。媽媽肯定曾打開大門，這種事已經很久沒發生過了。走進屋裡，我就聞到酒精味，那是股殘留的餘味，攙在普通油漆氣味裡一種很細微的味道，我會發現是因為我特別留意。

油漆用完了，我感覺不太妙。我知道這代表什麼。這表示她有時間思考，她已經想起我給她看的那個網頁，想起諾貝爾父親根本就不存在。

我已經很久不曾擔心她會去動那些藥物，但現在我立刻衝進浴室，櫥櫃的門開著，裡面空空如也，我連數都不用數了。然後我跑向廚房，看見一堆剩下的藥丸散在桌上。

我進去她的臥房，看見她躺在床上，不動如山且面色蒼白。她還有呼吸，但無論我心跳多快，或是我多努力喊她起來，她的雙眼依然緊閉。不管我怎麼搖晃她的身體，或是甩她巴掌（我真的很討厭這樣），她就是不起來，就連我在她臉上潑冷水也沒用。

我抓起旁邊桌上的電話，撥下九一一。這次，我在自己的房間裡等著。我知道我應該坐在她身旁，應該握著她的手跟她說話，讓她有意志力抵抗那些致命的藥物，但我做不到。這一次，全都是我的錯，怪不了別人，但我還是恨她。因為如果她不曾這麼做，我就沒有錯了。

我邊轉著地球儀，邊等待救護車的聲音，並試著不去想她的事，而開始想：我的親生父親現在在哪裡？他是否曾想起媽和我？救護車抵達了，我很高興他們沒打開警報器，因為這樣鄰居就不會發現了。我打開家門，指著她的房間。

這一次，救護人員把我媽抬起來的時候，我站在擔架後面，告訴他們卓拉姆很快就會下班回家。他們點點頭，然後把我晾在一邊沒再繼續追問，因為現在救我媽比較要緊。

媽媽被送走之後，所有的情緒又全都回來了。先是一股羞愧感，因為我竟然對她生氣；接著是一種恐懼感，我害怕自己將被社工帶走。我不知道多久後會有人來找我，所以趕緊跑去車庫敲門，但沒有回應，於是我更用力敲打著門板。卓拉姆晚上才出門工作，所以他白天應該是在睡覺。

最後他終於把門開了個小縫，一臉不悅地看著我，他身上穿著牛仔褲，上身打赤膊，可能是被我吵醒的，但我管不了那麼多了。我不知道何時社工會來，他們可能隨時來把我帶走，他必須幫我。他可以跟他們說，我和他在一起沒問題，他可以打電話去醫院，他們會告訴他媽媽的狀況。因為如果他是個成年人，又替她照顧小孩，幾乎就是僅次於親屬的關係了。

「你搞什麼鬼啊？鬧火災了嗎？」他的聲音很刺耳。我張大嘴巴，在還沒說話之前，先深呼吸一口氣，差點來不及換氣。卓拉姆挺起背，看起來很困擾、不屑的樣子。「喔，又來了嗎？」

我點點頭。「救護車，」我的聲音聽起來像個小孩子。「那些藥丸，」即使試著用正常的語氣說話，但我的聲音卻不肯配合。真奇怪，剛才和救護人員對話時，我還很正常啊。

卓拉姆揉揉眼睛，咒罵一聲。「她在醫院嗎？」他問。我點點頭。

他開始咕噥咒罵，然後打開門，轉身走進裡面，我猶豫了一下，跟上他的腳步。

這裡很亂，但不髒，只是因為地方太小而東西太多。這兒堆著很多音樂雜誌，一大堆ＣＤ，甚至有些老唱片，他那套鼓很大，佔了大部分的位置。

他在臥房裡走來走去，嘴裡仍然咒罵著什麼。不久之後他走出來，上身還是沒穿衣服，但套了件皮夾克，肩上背了個帆布包，準備去發動車子，他好像已經忘記我的事情了。

「我要走了，小鬼，」他大步邁向門邊，伸手搔過頭髮，把手放在門把上，背對著我。他說：「我沒辦法再幫你，你得靠自己。」

我的心跳開始加速，快得像第一次看見媽媽臉色發白躺著不動時一樣。他說過，如果這種事再發生，他就會離開，但我忘了。

「拜託你，」我真的很不想哀求他，也不想表現得像個驚惶失措的小孩，但我還是說出了口。「請你打電話給醫院，好嗎？」

卓拉姆依然不看我，他拉開車庫門，把包包丟到凱迪拉克後車廂，整個人滑進駕駛座裡。「我沒法幫忙，」他緊繃著下巴說。「你不是我的小孩，聽懂了嗎？照顧你不是我的責任，而且，這一堆事情可能會把我害慘。」

我無言以對，想不出任何能說服他的話，他暫時沉默，手指用力敲打著方向盤，節奏相當快速，幾乎像是他個人的打鼓秀。之後他從口袋裡掏出鑰匙，發動引擎，熱完車之後，他看了我一眼，搖搖頭並看向後視鏡。

「沒事的，」他冷酷地說，眼睛還盯著後視鏡，彷彿正在跟後座的人說話似的。「有一大票人等著幫助你，那是他們的工作，他們會做得比我好。不要擔心，好嗎？」

他不等我回答，便倒車出去。引擎加速運轉，車子疾速駛向大街後消失無蹤。他的凱迪拉克跑得比救護車還快。

一個小時過去，我坐在車庫的地上，看著那一小攤漏出的機油。我起身循著油的痕跡走出車庫外，卓拉姆的凱迪拉克肯定有問題，沒有車會漏油漏成那樣。

我不敢自己打電話去醫院確認媽媽的情況，因為他們會要求和大人說話，當他們發現家中沒有大人時，會找人過來把我帶走，把我安置在寄養家庭或是什麼機構，那時就只剩下媽媽一個人了。

恐慌的感覺幾乎淹沒了我，我努力抵抗，極力思考，保持思緒清晰。我先定義問題，再以腦力激盪的方式找答案，這是我在應用邏輯班學來的，而且是媽媽送我去那裡學的。這方法適用於邏輯問題，或許現在也能派上用場。

果真讓我想到了，答案就是羅斯先生。他現在在家，可以替我打電話給醫院，他會幫忙的，我知道他會的。

還沒意識過來，我的人就已經到了羅斯先生家了。我跳下腳踏車，快步走上前廊，連腳踏車都還沒停好，就先按了門鈴。不想再思考，只管去做，我試著不加思索地把一切事情告訴他，並說明我需要大人幫我打電話給醫院，說他們在找我，要告訴我媽媽的情況。

「等等……說慢點……」羅斯先生舉起他的手。「你剛剛說的話，我一個字都聽不懂，進來說吧。」我跟著他走到廚房，他給了我一杯水，讓我坐在桌子前。「再說一次，」他說。「你再說一次。你媽媽人在醫院？」

「沒錯，」我對著玻璃杯小聲地說，並把水喝光。我的嘴很乾，但把整杯水喝光後，我卻感覺一陣噁心想吐。「我必須知道她現在怎麼樣了，但他們不會跟一個小孩說的，所以得請你幫我打通電話，告訴他們你會負責照顧我，他們才會告訴你我媽媽的情況。」

這次羅斯先生聽明白了。他寫下我媽媽的全名和地址，拿起電話，不再問我別的問題。但他的眼神裡流露著憐憫，我好討厭這種眼神，所以他打電話的時候，我起身離開廚房，去看魚缸。我總是注意紅色和黃色的那兩條魚，牠們是我最喜歡的魚，我看著牠們游了兩回，然後羅斯先生走過來，在我身旁坐下。

「還沒有消息，」他小小聲地說。「但他們答應我，一有消息就立刻通知我。」

我用拇指壓著玻璃，魚兒就停在那裡，並咬下一小口綠色植物。「好。」

「你想去醫院等嗎？如果你想的話，我們可以一起去。」

我搖搖頭。

羅斯先生點點頭並走回廚房，拿一瓶牛奶過來，把一包餅乾放在茶几上。雖然還是覺得噁心想吐，但我還是撕開包裝，塞了片餅乾進嘴裡。我不能讓手閒著，否則雙手遲早會開始顫抖。

羅斯先生坐在沙發另一端，手裡拿著熱氣騰騰的咖啡。這個味道令我想起媽媽，想起早晨，她喚醒我時臉上那抹微笑。「你其他的親人呢？」他問。「你媽媽，她肯定有其他親人吧？對吧？」

我搖搖頭，慶幸這時我嘴裡塞了個餅乾，不能說話。

「沒有家人嗎？外公外婆呢？」

「過世了，」我嚥下剩餘的餅乾碎屑。「我們家沒有其他人，就只有卓拉姆，但他走了。」

「那你爸爸呢？他好像是知名的科學家，不是嗎？我們有辦法查到他嗎？」

「沒辦法。你怎麼知道我爸的事？」

應該不會有人知道這些事的，這原本應該是個祕密，因為要是大家知道我可能是個諾貝爾之子，他們會嫉妒我，也不會認同我。

羅斯先生對我微笑，跟我說是祕密的消息來源。我想，關於諾貝爾父親的事情，應該沒有什麼祕密的消息來源，但關於媽媽的事大概就有不少。要是他們知道一切，他們會相信這個關於諾貝爾基因的故事嗎？

也許大家會一起演戲，假裝相信，幫忙把持住她的世界，用片片謊言和想像拼湊出來的世界。

羅斯先生還在等著我的答案，我不知道該怎麼回答，只好聳聳肩。我無法告訴他實話，說我是媽媽幻想世界中的產物。粉碎她的世界，就等於粉碎我。

「你得找人，」他說。「這樣子……沒辦法繼續下去的，你不能過這種生活，一個小孩不應該過這種生活。」

「你有孩子嗎？」我並不期待任何答案，他可能只會對我聳聳肩，但或許這樣問可以令他分心，不再多想我現在的處境有多麻煩。

羅斯先生看著我，臉上浮現淺淺的微笑。「沒有……」他猶豫了一會兒，視線飄向遠方，然後又看著我，臉上微笑依舊。「有個小小的孩子，在那塊墓地裡。」

過了好一會兒，我才明白他的話。「發生什麼事了？」

「她太早產了，嬰兒還太小，而她也因此離開人世。」他四處張望著，我看得出來他想找菸抽。我認識他一段時間了，發現他有這種習慣，總會想找個什麼東西拿在手上。我還想問問題，我想知道，如果沒發生那些事，他女兒現在會是幾歲？她有名字嗎？但我看得出來，想到她就令他難過，即使微笑著，他的手還是在顫抖。

「我很遺憾，」我低聲地說。我知道這才是該說的話，但仍不懂意義何在，這麼說是要他回答我什麼呢？「沒關係」嗎？

但怎麼可能沒關係？死亡這件事從來都不是「沒關係」。媽媽總是告訴我，那是件自然的事，世上萬物來來去去，每個生命都有自己的時間，各自在生生不息的循環裡扮演不同的角色，但我不這麼認為。

我想永遠活著，我認為只要人們想永遠活下去，就應該永遠活下去。

諾貝爾父親還存在的時候，我曾希望他是研究出長生不老方法的科學家。但以現在而言，長生不老不是好事，會引發人口爆炸等許多問題，因為我們無法殖民其他星球，還被困在地球上，這也意味著我們還被困在死亡裡。所以，還不如希望自己的爸爸是個天體物理學家或是相關的科學家，他可以幫助人類朝外太空發展，這樣比較明智。

「是啊，」羅斯先生終於接話，我都已幾乎忘記剛才談的是他過世的小女兒。

「生命無常，事事難料。我們的世界總有些遺憾，不是嗎？」他用手指敲著魚缸玻璃，然後看看電話。我們兩個每隔幾分鐘就會看一下電話，但可能還要好久的時間，媽媽才會醒來，他們才能確定她沒事。

「嗯，」最後，羅斯先生說，「你看起來很累，想躺下來休息一下嗎？我有一間客房，那房間沒人用過。」

我搖搖頭，坐在這兒離電話近一點比較好。羅斯先生點點頭，找菸的動作又出現了，他四處張望。「不會有事的，」他說。「我們就在這裡等吧，也許他們很快就會打電話來。」

我什麼話都沒答，只是望著桌子，納悶為何自己眼裡有淚水。以前不會這樣的啊，我緊咬著嘴唇，努力不眨眼睛，眨眼的話，眼淚可能就會滴落，我要淚水趕快躲回眼睛裡，永遠藏在裡面。

「魚缸又髒了，」過了一會兒，羅斯先生提起這件事。他站起來打開魚缸蓋，把手伸進水裡，水面下的折射使他的手放大。魚兒圍繞著他的手，還有一隻細細碎碎地咬著他的手指，那會有癢癢的感覺，因為我也被咬過幾次。「我們來清魚缸好不好？」羅斯先生問。「反正得在這裡等電話，哪也不能去了，來做點有用的事吧。」

我不覺得魚缸已經變髒，上次他不在家時我才清理過。但他已經把暖管拆下，並揮手示意要我過去。

所以我站起身，取來清潔用品和塑膠盆，好讓我們清理魚缸時，魚兒可以往盆裡鑽。正確清理魚缸的步驟應該會耗上幾個小時。

我們仔細清洗了魚缸，每個步驟都正確無誤。

第十章

媽媽正陷入昏迷狀態。

這次送醫的時間有些耽擱，藥物已經穿過胃部，進入血液，流遍全身各處；因為這是早上發生的事，而那時我正在學校，沒辦法立刻打電話叫救護車。這太可怕了，現在她竟然不是坐在醫院的病床上，竟然沒辦法從床上撐起上身，對我說謊。她正陷入昏迷狀態，而這全都是我的錯。

恐懼的感覺像條蛇一樣鑽進我的衣服，有時這條蛇靜止不動，我幾乎感覺不到牠的存在，有時候牠來來回回扭動，蜷在身體上、緊緊勒著胸口、擰絞著胃部，抑或不經意地掠過身體某處，一陣寒意四起，發癢的感覺令人噁心難耐，只想竭盡所能趕走牠。

我搖搖頭，太羞愧了，但我無法停止這種感覺，手在顫抖，腳在抖動，就連我的面部也好像無法平靜。我得很努力才能鎮定下來。我把雙手藏在毛衣的袖子裡面，這樣一來就不會被發現了。

羅斯先生和我一起來到醫院，他像個隱形人般在房間的角落裡等著，我坐在母親身旁，她全身蒼白，毫無動靜，身體上還勾著線，連到一台像電視的儀器上。以前她從來沒有這樣過。以前他們只要幫她洗胃，之後就沒事了。

羅斯先生假裝沒看見我發抖。他遞了杯蘇打水給我，要我吃下三明治。他人真好，因為我真的已經好久沒吃東西，好餓，雖然之前一點都不曾覺得餓。我原以為他會說些蠢話來安慰我，但還好他沒有，而我很高興他沒這麼做。

他老老實實對醫院的人說了，說他是某個幫忙照顧我的鄰居，因為除了我媽之外，我沒有其他親人。他們看著表格，問起應該是我媽男朋友並且和我們同住的卓拉姆，那是之前救了我們幾次的大謊言。羅斯先生聳聳肩說「他走了」，這樣就夠了。反正所有不會對我說的事情，他們會告訴羅斯先生。

他們不知道媽媽何時才會醒來，也無法確定她是否能醒來，但她的情況也並非嚴重到足以致死，她只是被困在生和死之間的某個地方。

知道她可能會永遠睡在這張白色病床上之後，我害怕得不敢入睡。她可能不會再大笑、哭泣或是尖叫，但也不會死亡。永遠睡著可能比死去還要恐怖吧，我不希望她死去，但也不希望她被困在那裡，那絕對不會是個好地方。

羅斯先生看著我的表情有點像卓拉姆，似乎不滿自己被捲入這件事，想要快點擺脫，但他也只在以為我沒發現的時候，才露出這種表情。我今天沒去上學，因為我們一大早就到醫院去。回家時，羅斯先生跟著我走進屋裡，我並沒有邀他進來，他卻很理所當然地就進來了。他環顧四周，看見那些畫在牆上的門和地上的油漆空罐，一句話也沒說，只是問我要不要收拾一下東西，過去他那兒住幾天，直到我媽媽身體好點。

但我不想離開家。我試圖很禮貌地向他解釋，說我想留在這裡，我只有在自己的床上才能睡得安穩，他家離這不遠，所以我不會有事的。

現在起他得為我負責，他們已經記下他的名字和資料，並要求他簽下一些文件，所以看得出來他並不想留下我獨自一人。但最後他還是同意了，並設定他的手機號碼為速撥號碼。他看了一下冰箱，說我們得去買東西。冰箱裝滿食物後，他又向我確認一次真的想一個人留下的意願，然後才離開。

媽媽不在家的晚上，這間屋子感覺特別不同。我不需要豎起耳朵去聽她行動的聲音，不需要在聽見她走進浴室後，就得預備偷溜進去清點藥物。但這讓我感覺孤單，孤單使我無法入睡。夜裡我突然聽見某種聲音，我的心用力地跳動著，彷彿有五個心臟正爭先恐後、此起彼落地搥著我的胸口。

一定有人闖進屋內了。

起先我想衝出去大叫，但這樣就得離開房間，而且可能會遇上歹徒。於是我想翻到窗戶外，但開窗戶也會有聲音，而且我怕這行動太耗時了，他們會抓到我。也許最好的方法是在原地等待，冷靜下來不要大叫，等他們拿夠了，他們就會離開。

於是我偷偷溜下床，把被子攤平，看起來就像沒人睡過、沒人在家一樣。我取來電腦，把它放進床鋪旁邊的袋子裡。接著我滑進床鋪下面，隱身於床下，灰塵捲著我的身體。

小時候，我常常躲進這裡讓媽媽找不到，不是因為她會打我，而是因為每次她吃了藥或喝了酒後，整個人會不正常地興奮過度，簡直就像變了個人，這真的嚇壞我了。往後這種事情越來越常發生，我就習慣了。

過了幾分鐘，我依舊躺在灰塵裡，往上看著床鋪的彈簧，等著歹徒離開。現在我已經不那麼害怕了，只是等著。但我擔心，明天羅斯先生知道這件事，肯定會不高興的。要是他發現有人曾闖進我們家，可能不會再讓我獨自留在這了。

我聽見媽媽的聲音飄進我的房間，她用溫柔而嬉鬧的語氣叫著我的名字，那語氣彷彿能抓住我的手腕，把我從床鋪底下拉出來。我站起來，拍拍睡衣上的灰塵走到門口，赤裸的腳趾抓著冰冷的地板，我專心聆聽。

她又叫了一次我的名字，聲音從客廳傳來，於是我沿著漆黑的走廊而下。

媽媽回家了。

她背對著我，站在電視機旁，轉過身對我微笑。由於之前昏迷的關係，她的雙眼下印著兩個深色的眼袋。她身上還穿著醫院的白色袍服，頭髮披散著也還沒梳理，但她人就站在那裡，而且正微笑著。

她招手示意我過去，我張開嘴巴，有好多問題想問，但她用手指抵著嘴巴阻止我，並對我祕密地眨眨眼，像小時候我們一起玩耍時那樣。接著她轉身面對牆上那扇假門，伸手轉動門把，然後門就開了。

我愣在那，雙眼瞪著她，瞪著那扇門。那扇假門，絕對不可能開得了的，於是我發覺，現在發生的一切都不是真實的。一切感覺就像電影情節，你發現事實不過就是夢境。她還沒好起來，也不在家裡，更沒有站在這對我微笑，還在醫院裡昏迷著，而我也還躺在床上做夢。我想要醒來，翻個身然後繼續睡，我不喜歡這種安慰人心的謊言，就算在夢裡也一樣。

她伸出手，推開門扉，並低著頭準備進入。她等著我跟上去。這夢還沒結束，我還起不來，那就繼續吧，於是我牽起她的手。

她的手一如預期般地溫暖，總是那麼溫暖，無論在家裡還是在醫院裡，都是如此。她溫暖而乾燥的手緊緊握著我的手，彷彿告訴我不要害怕，她拉著我的手進了門內，而我的另一隻手還在身後。我們就這樣消失在這道門後了。

另一邊是黑暗的世界，我的雙腳赤裸，身體顫抖，但她的手散發著溫熱的氣息，讓我感覺很溫暖。

*我們要去哪？*我問。因為我們在夢裡，所以問問題並不需要講話。她使勁握緊我的手，把我拉上前，我知道她不會告訴我，她要我親眼看看。

我跟著她穿過一條狹窄的迴廊，兩旁的牆壁透著冷冽的氣息，我伸手觸摸，感覺兩面的壁磚凹凸不平。發霉的味道撲鼻而來，不知道為什麼令我想到海洋，但我什麼都看不見，眼前是一片純粹的黑暗。

終於穿過另一扇低矮的門，即使在夢裡，乍看光線還是令我瞇起雙眼。

我們置身在一道長廊裡，這場景很像城堡裡會出現的畫面，兩面高牆聳立著，好幾幅人物肖像排排站掛在上面。媽微笑指著那些畫像，我認得出來，那是我書上的諾貝爾得獎人，是我的諾貝爾父親們。現在他們是彩色而非黑白的了，那些畫像還會動，我的諾貝爾父親們看著我，對我微笑，有些很嚴厲，有些對我開玩笑，有些顯得很驚訝。媽媽優雅地對著他們每個人點點頭，我發現自己也有樣學樣地點點頭。

我還是很清楚自己在做夢。很久以前，我曾在科學雜誌上讀過關於這種現象的文章，這叫作「清醒夢」，做這種夢的時候，你通常能控制夢，你可以飛翔，甚至能隨心所欲，聽起來很酷吧。我一直很想試試看，今天終於發生了。

我張開手臂，試著衝刺並往下跳，結果卻是撞到自己的腳。我緊抓著牆壁，避免某個坍塌而下的平面打到我的臉。媽媽看著我，一臉驚訝並開始大笑，因為她看穿我的心思，知道我想做什麼。她告訴我，這是她的夢，不是我的，我只能控制自身的夢。

我想知道怎麼樣才能結束她的夢，但她不停地走，沒聽見我的問題，或許她只是不想回答罷了。

我們走到了長廊的盡頭，已經對每位諾貝爾得獎人點過頭，然後她轉過身，這次我發現，每張肖像畫下方都有一道門，各式各樣的門一字排開，有些令我聯想起媽媽畫在我們家牆壁上的門。

她打開某些門，探頭往裡面看。大多數的門都很小，所以我沒辦法從她身後看見裡面的樣子。但有時候，裡面是一張草圖，有時傳出吵鬧的聲響，有時有光線透出，而有時則什麼都沒有。她好像在找什麼東西，我跟在她身後等待著。她帶我到這兒，肯定是想讓我看看什麼。

第十一章

一切都沒有改變。

已經過了好幾天，媽媽依然處於昏迷狀態，而我每天晚上都夢見她。我們總會走到那掛著一排排諾貝爾父親肖像的迴廊上，看著那些門。有時候我們只是看著，有時媽媽會打開門，讓我探看裡面，或者她會保持門扉開啟，讓我隻身進去，而她則留在後頭，有時則是我們兩人一起走進去。

這太奇怪了，我讀過的科學雜誌上從來不曾解釋這些。我太相信邏輯，無法相信這種超自然現象，所以不知該如何看待這一切。她讓我觀看不同的人、不同的地方、各種不同的東西，大部分看來都像她過去的回憶。這是不可能的，這些應該只是我的想像，卻感覺好真實。有些夢很可怕，有些夢很好笑，有些夢令我驚醒，有些夢則即使消逝了，我醒來仍會悲從中來地落淚哭泣。那些夢一點用處都沒有，沒辦法讓媽媽醒來，也沒辦法幫我找到父親；但至少每天晚上，我可以和她相處片刻。

每次醒來，我都會直接跳下床，去看她畫在牆上的那些門。當然，這麼做真的毫無意義，那些門只是畫上去的，永遠也打不開。

羅斯先生曾和醫院裡的社工談過，他們讓我暫時和他在一起，我在他家吃晚餐，但回自己家睡覺。我如往常一般去上課，然後去圖書館，看書、逛網頁。大部分時間，我會閱讀關於昏迷的資料，以免醫生隱瞞我們一些重要的事。我也讀了很多關於夢的資料，但還沒找到什麼新資訊，沒有什麼能解釋我現在所經歷的事情。

到了下午，我會去醫院探望媽媽，有時羅斯先生會開車送我，有時我自己騎腳踏車去。我幾乎已算是獲得醫院許可，能獨自探望她。羅斯先生和一位護士打過招呼，只要是她輪班，我就能偷偷進去。

媽媽的狀況還是不曾好轉，但他們說也沒有惡化，只是我覺得她現在看起來更憔悴了。她越來越瘦，臉色更加蒼白，整個人看起來也變小了，像是縮水一般。她看起來比夢裡的樣子還糟，雙手也總是冰冰冷冷的。

我每天念雜誌給她聽。醫院裡的人說，如果你對昏迷的病人說話，他們其實聽得到，只是無法回答，無法移動手指或眼皮，無法讓你知道他們還醒著。如果媽媽知道我在她身邊，肯定會喜歡聽我讀文章的。

我試著挑選她會喜歡的內容，昨天我念了宇宙是如何形成的文章，有關大爆炸理論和黑洞這些事。宇宙論和天體物理學真是深奧難懂，當我還以為自己有個諾貝爾父親的時候，我總是氣自己，為什麼沒辦法理解關於黑洞、時間旅行以及光速這一類的問題。現在我知道自己只是個平凡人，於是一切都ＯＫ了。大部分的人也都覺得這些東西很難懂啊！

最酷的是，這篇文章還說，人類是源自於星塵，構成我們身體的原子，就是在數十億年前，由萬古時期巨大的超新星爆炸所產生的。它們飄浮於太空中，形成氣體雲、行星以及「海洋原湯」，最後星塵化為蛋白質、細胞、器官、恐龍與人類。

我真的很喜歡這個想法，更酷的是，某一天，構成我身體的原子會飄浮在太空中，或許某天，構成我身體的原子會再構成另一個人、另一個新恆星或新行星，也或許是其他星球的恐龍。總之，什麼都有可能。身為星塵比擁有諾貝爾基因還酷得多了。

那篇文章還提到《聖經》的故事，媽媽總是告訴我，要深入閱讀，並且不要忘記故事背後的素材，所以我今天帶了《聖經》來，念「創世記」給她聽。

不過上帝造物的故事則有點奇怪，例如：竟是先有了光線，上帝才創造出太陽。今天羅斯先生和我一起來醫院，他似乎沒聽過創世記的故事，聽到最後，他竟然笑出聲來。最後他說，很顯然上帝先創造了野獸，但發現牠們還不夠兇狠，所以才創造了人類。

我猜羅斯先生可能不太喜歡人類，但沒關係，我也不是很喜歡。

放學回家時，已有兩個女人坐在廚房裡等著我，羅斯先生也在一旁。我立刻就知道她們是什麼人，她們模樣正式，臉上掛著誇張的微笑，不就是要來把我帶走的嗎？

羅斯先生曾說我可以留到媽媽醒來，他背叛了我。

他看見我臉上的表情，便站起身來。我想要推門跑出去，以免等一下被他們抓到，但就在我抓住門把的那一刻，羅斯先生逮到我，雙手放在我的肩膀上。「嘿，」他說。「不會有事的，別慌。」

「不！」我大叫，轉動門把，踢開門，但羅斯先生伸手抵住我，把門關起來，他比我強壯多了。

「聽我說，」我不斷敲打著門板，而他的手緊緊握著我的肩膀。「聽我說！」

「有什麼好說的？」我憤怒不已。「你出賣了我！我表現得很好，我原本可以在這等媽媽醒來回家，之後一切就會恢復正常了。」

「在這間房子裡，你們什麼時候正常過？」羅斯先生小小聲地說，我低著頭，緊緊閉起雙眼，過長的頭髮蓋在眼前。我不想看到他，也不想讓他看到我的臉。「你不能繼續這樣下去，」他繼續說。「你也很清楚，你媽媽病得很嚴重，而你還是個小孩，現在這種生活或許可以撐得過一段時間，但就法律上來說，我無法替你負責所有事情。這些你都知道，對吧？」他把我眼前的頭髮撥開，但我還是不想看他。「你是個很聰明的小孩，你明白我們別無選擇，對吧？」

是啊，很聰明的小孩。

我靠著門板，整個人滑坐在地上。這就是我最害怕的情況，而今終於發生了。「我不能離開媽媽！」我本來想大吼，但喊出來的聲音就是很微弱。「我必須去看她，一定得有人去看她，跟她說話，念東西給她聽。我不能丟下她一個人。」

羅斯先生坐在我身旁。「告訴她們吧，去跟她們說說話。她們來這裡的目的，不是要把你和你媽媽分開，她們是來幫你的。」

我把頭靠在膝蓋上。「之後會怎麼樣？」我低聲問。

「我不知道。她們好像找到……」羅斯先生站起來，伸出手拉我一把，「來吧，和她們談談吧。」

我不理會他伸來的手，自己站了起來，走過他跟前，回到客廳。兩名社工坐在沙發上，但我想她們剛才很有可能偷偷在門邊看著我們，偷聽著我們的談話，現在才又回到座位上。

「我不能離開媽媽，」我坐在一張離她們最遠的椅子上。「她正陷入昏迷，我必須每天去看她，這很重要。我得跟她說話，念書給她聽，醫生說這樣可以幫助她醒來。」

一位社工看起來頗為年長，另一位則和媽媽年紀相仿。她們沒有回應我說的話，只是開始自我介紹，並和我握手，臉上的笑容依然非常誇張。

「我不能離開媽媽，」我重複地說。「媽媽只剩下我了，我不能離開她。」

年輕的社工清清喉嚨說：「其實，你是有其他家人的，」她從沙發上站起來，走到我身旁，蹲在地板上，身體和我保持一樣的高度，把我當個小孩一樣看待。她給我一抹微笑，並說：「這消息是不是很棒？我們已經找到你的祖父母了。」

祖父母。

祖父母？

我沒有什麼祖父母。

「是你媽媽的雙親，」她解釋，彷彿以為我不知道自己的出生證明上父親欄那格是空的。「你外婆很快就會來接你了，很令人期待吧！」

她和我講話的樣子，好像我是個小嬰兒，這讓我覺得很煩。祖父母？疑惑的感覺令我暈眩，但最重要的原則還是一樣：我不能離開媽媽。

「我不能離開這，」我又說了一次。「我必須留下來。」

那位社工微微一笑。這應該是個友善的笑容吧，我猜；但對我來說，其實只是個詭異的表情，好像正在告訴我：不管你怎麼說，結果都不會改變的。

「你知道你媽媽病得很嚴重吧？」她說。

我不情願地點點頭。

「她的情況並沒有明顯改善，我們不知道她什麼時候才會清醒，或是她什麼時候才能照顧你。羅斯先生人很好，但你不能永遠待在他身邊，得有個人照顧你才行。」

照顧我？我好想大聲說：應該反過來吧，是我需要照顧媽媽，我必須照顧她，我不能放她一個人。但這些事，我一個人知道就好。如果他們知道，其實一直都是我在照顧她而非她照顧我，她們就不會讓我回到媽媽身邊了。

「媽媽需要我，」雖然知道這麼說不會有什麼好處，但我還是說了。「她病了，我不想在她生病的時候離開她。」

那女人繼續微笑。「別擔心，你並不是要去很遠的地方啊。你外公外婆住的地方離這邊，只有兩小時的車程，外婆很快就會來接你了。或許你可以先去打包，準備準備，好嗎？」

這時我又想逃跑了，但這樣也等於從媽媽的身邊逃離，真的沒必要。以前我一直想逃跑，但我不認為自己真的會那麼做，逃跑的後果應該十分不妙。雖然這不是個明智的作法，但我還是會去想。

這只是個選項。

我不會這麼做的，至少不是現在。一想到自己還有所選擇，我就覺得心情好多了，至少還能想像各種不同的可能性。這就好像我的眼前有好多扇門等著我去開，而不是只有單一一扇。

我拉開衣櫥，往裡頭看，裡面什麼都沒有。我腦袋裡還在想其他的可能性，關於我媽媽、我外婆，以及逃跑的事。為什麼媽媽要騙我？說我沒有外公外婆。

我想，她說謊是為了不讓我繼續追問。

我有外公外婆。

也許他們知道我真正的父親是誰。

這個想法迅速閃過腦海，我的呼吸停住，直到感覺胸口隱隱作痛，才記起來呼吸這回事。

也許他們知道我爸爸叫什麼名字，住在哪裡什麼的，也許他們可以給我他的住址，這樣我就能去找他了。

我全身起了雞皮疙瘩，而且頭皮發麻，就像那種漫畫裡才會出現的，頭髮豎起來的樣子。

也許只要問個問題，就能找到我爸爸了。

這個想法令人興奮不已，我感覺體內充滿了能量，於是拉出架上的衣服塞進帆布包。我等不及要見他們了，等不及要問問他們了。

但我必須耐心等待。

於是我放慢動作，有條有理地摺著自己的衣服，重新控制自己的情緒。我得等待正確時機，必須先認識他們，這樣我才能分辨他們說的是謊話或實話，這是問問題時，首先要弄清楚的重點。

我曾經讀過，其實從某些小動作，也就是肢體語言，就能看出人們是否說謊。說謊的時候，人們的眼神會飄忽不定，當他們觸摸臉龐或移動雙手時，都會有點異狀。但人們並不會明確意識到這些動作象徵的意義，通常是直覺告訴你，對方並不誠實，你根本不明白自己是怎麼知道的，但你就是知道。這是一種潛意識的直覺；但你不可能永遠依賴直覺，因為它有可能會出錯。而有些人天生就是比較擅長這方面，我想我對於分辨是否說謊的直覺是越來越犀利了，因為我常常練習。

我不知道未來會如何，是否還會再回到這個家，所以格外仔細收拾，不願漏掉那些想要隨時看到的東西。我帶了相本和一些重要物品，例如：出生證明、其他文件，以及媽媽告誡過我不能弄丟的東西。還有我的電腦。

收拾完畢後，我拿了本科學雜誌，坐在客廳沙發上閱讀，一邊等著外婆的到來。較年長的那位社工已經離開了，但年輕的那位還坐在一旁，手裡拿著筆記板在寫東西。她對我微笑並問了幾個問題，然後暫時離開，留下我一個人，我繼續假裝專心讀著雜誌。

我不想表現得太興奮，但等待的時間真的好漫長。門鈴響起的那刻，我的心跳頓時漏了一拍，手指感覺麻木，雜誌便啪地一聲掉到了地上。這時社工去應門，我則在原位上等待。一位女士出現在門口，摀住嘴巴、雙眼睜大地看著我。

她長得好像媽媽。

她比我預期的還年輕。我想像中的外婆，是童書上會出現的那種典型外婆的樣子——頭髮斑白、彎腰駝背，一副老邁的模樣——但她看起來甚至比學校的某些老師還年輕，頭髮也都還沒灰白。她的五官和媽媽很像，特別是眼睛，看著她，心裡總有股怪異的感受。

她看著我，嘴唇顫抖地露出一抹微笑，並對我伸出手，但很快又收回去，她忍不住開始落淚。雖然她只是默默流淚，深呼吸，沒有大聲哭嚎，但我還是覺得很尷尬，不知該怎麼辦，於是移開視線。

社工拍拍外婆的肩膀。「過來這裡吧，」社工轉頭對我說，這次她的微笑總算自然一些了。「過來見見你外婆。」

我照她說的走過去。外婆給了我一個擁抱，小心翼翼地，像是深怕我會當場碎掉。她抱著我很長一段時間，身上散發著花香調的香水味，但我開始覺得快要窒息了，每次被媽媽抱得太久時，也是這種感覺。最後她總算放開我，我看見她整張臉都被眼淚浸濕。「你好嗎？」她低聲說。「噢，你好像你媽媽。」

「你也是，」我說。

外婆先是顯出驚訝的表情，接著開始笑出聲來。「她小時候，很多人就這樣說了。」她伸出手摸我的臉，捧著我的臉頰，撫過我的頭髮。「沒想到還能看見你，」她低聲說。我把這些訊息牢牢記在心裡，這是線索，她說她沒想到還能看見我，這表示她知道我的存在。

為什麼？

晚點我會問她。

「你見過媽媽了嗎？」我問，這才是重點。

「還沒，」外婆說。「我想，等下回家的路上，我們再一起去看她。」她又摸摸我的臉。我試著保持冷靜，她會帶我去看媽媽，而不是把我從她身邊帶走，不是禁止我們見面。「我好高興能找到你，」她的聲音嘶啞，這句話已經重複說了兩次，「我是說，你們兩個。」

社工清清喉嚨。「我們總是樂見家庭團聚，」她說著，一邊從筆記板裡抽出幾張文件。「但有些文件需要簽名，之後我會把時間留給你們。」

我的外婆簽了一些文件，她們說了些話，有時刻意低聲不讓我聽見，反正我也不在意。那位社工和我握手，並說下週會再來拜訪，就離開了。

整間房子只剩下我們，外婆又開始盯著我看，好像我是剛來到世界上的新生命，人們以前從沒見過的生物還是新生兒之類的。

「我都打包好了，」我指著那兩個帆布包。既然勢必要離開了，我只想快點進行，撐過這段過渡時間，看看接下來會如何，然後再決定該怎麼做。

「我想先看看這間房子，不知道可不可以？」外婆問，我很驚訝她竟然徵求我同意。雖然我並不想讓任何人窺看我們的東西，但還是點點頭。她雙唇微啟、緩緩地走過屋內，視線盯著室內每一樣東西，但並沒有弄亂它們。

家中現在看起來不算髒亂，因為我已經整理過了。而且現在我去上學後，媽媽也不在家，所以屋子裡頭維持得很整潔，不會有堆滿灰的菸灰缸散落各處。唯一怪異的就是牆上那些畫出來的門，外婆盯著那些門看了好久，但什麼話都沒說。然後她看著我們的書櫃。

我們有幾百本書和雜誌，大多數和科學、自然相關，也有很多文學書籍。外婆看起來很驚訝，突然間我為媽媽感到驕傲。

「她一直都很喜歡閱讀，」外婆低聲說，她的手輕拂過那排書背。「以前她很聰明，我是說一直很聰明，」她糾正自己說的話。「你媽媽是個非常聰明的女孩，她在學校的表現很好。我們以為她會上大學，成為醫師或科學家，她對那些事情非常有興趣啊，而且好有野心……」她搖搖頭。「總之，以後還有很多時間可以聊。」

「我們現在可以去看媽媽了嗎？」我納悶該怎麼稱呼媽媽，她總是不肯跟我說她的名字。而且我也不知道外婆的名字，難道要稱呼她外婆嗎？

外婆點點頭。「是啊，我先來接你，這樣你才能跟她說我來了，我知道她聽不見，但我們還是得——」

「她可能聽得見，」我說。「有時候，陷入昏迷的病患其實知道他們周遭發生了什麼事情。」

「是啊，但我好久沒見到她了……所以我也希望你能在場。」

對於要見到媽媽，她相當緊張，我不怪她。昏迷也使得媽媽的臉看起來有點怪異，有時候，她那麼安靜地躺在那裡，那樣子好陌生。甚至有時候，她看起來就像已經死去的人。

一見到媽媽，外婆便開始哭泣，所以我先告訴媽媽：外婆來了，然後就躲到走廊上去。我留了本雜誌在桌上，以便我不在的時候，如果有人願意花點時間，也可以幫忙念給她聽。她若醒來，看到雜誌也會很高興，就算我不在，她也會知道是我帶來的。

我在窗檯邊找到一份小報，於是便滑坐在角落的地板上，裝作在讀報的樣子。報上只有垃圾新聞，但讀垃圾新聞還是比呆坐在病房裡好，在房裡只能看著外婆默默流淚，而媽媽還是沒有任何動靜，連自己母親找到她了都不知道。

我開始納悶，媽媽要是醒來後發現這件事，她會高興嗎？外婆看起來人很好，但媽媽卻說她已經過世了，其中肯定有什麼理由，也許我能找出真相。也許外婆有許多不為人知的祕密，說不定還知道我爸爸的事情，而對於還沒生我之前的母親，那個我還不認識的母親，她應該很了解。

我想，今後我會轉到新學校，有新的同學、新的老師，一切都是新的。不知道那邊的每個人，是否也曾聽聞關於我媽媽以及其他種種的事。這種消息究竟都是怎麼傳開的呢？真怪。

我翻著紙張輕薄而邊緣龜裂的小報，思考著謊言和真相。我希望外婆不會相信那個諾貝爾的謊言，因為若她也相信，那她肯定無法幫我找出真相。

第十二章

去過醫院之後，我們開車到外公外婆的家。外婆的車子很酷，是輛銀灰色的大賓士車，肯定要價不菲。車裡有一股很重的皮革味，像全新轎車的氣味。這輛車和卓拉姆那輛老舊的凱迪拉克截然不同，但它還是令我想起卓拉姆。

我聽過許多小孩抱怨他們祖母開車技術很差，譬如在高速公路上緩速前行這類的行徑。但我外婆還好，她開車的時速恰好符合速限，分毫不差。

兩個小時的車程裡，我們並沒有太多對話，實際上我比較喜歡欣賞窗外景色並靜靜思考。而外婆則有幾次試著打開話題，我覺得她可能不太習慣和小孩說話，除了學校的事，她似乎不知道該聊些什麼，但學校的事並沒有什麼好聊的。

我從未離家如此之遠，路旁的房舍越來越稀少。最後，郊區的景象慢慢變成了農田，還能遙遙看見遠端的地平線。看起來好奇怪，彷彿自己正在看電視。

接著我們似乎再度進入郊區，最後終於停在一幢大房子前。我目不轉睛地盯著房子看，這房子根本就是一所別墅，竟然還擁有圓形石柱，就像歷史課本裡的希臘神廟照片一樣。放眼所及還有數百萬扇大窗戶，前面庭院也很寬廣，綠草如茵，還有花床和巨大的古老樹木。

不知道它們是不是果樹？我一直很想像過去的人類那樣，從樹上摘水果吃。那時還沒有市鎮、城市、職業，也沒有文明，人們唯一的工作，就是尋找遮風避雨的所在和足夠的食物。現在的世界好複雜，已經沒有人會直接從樹上摘水果吃了。

「哇，」停在那幢大房子前面時，我小聲地發出讚嘆。我不是故意要發出聲音的，而外婆回我一個微笑，並搔搔我的頭髮，彷彿很滿意我的態度。我不喜歡她搔我的頭髮，媽媽以前也老是這樣做，我同樣覺得很討厭。這是對小孩子才會做的事，而我已經夠大了，實在不適合。但我決定不去在意它。

「這幢房子或許是很大，但裡面空蕩蕩的。」她說。「好多年前，我失去了最珍貴的東西。希望從今以後，不要再失去你們任何一個了。」

我很想對她扮個鬼臉，因為把我和媽媽稱作「珍貴的東西」似乎滿蠢的。但我依然試著表現禮貌，這是為了媽媽，她會希望我這麼做。

樓上某扇窗戶的簾幕被撩起，窗內有個人影，全身穿著白色衣裳，令我想起醫院裡的護士。

「有件事，我們進去前得先告訴你。是關於你外公……他狀況不是很好。」她把車鑰匙拔出來並放進包包裡，然後嘆了口氣。「他中風了……你知道什麼是中風嗎？」

我點點頭，外婆對我微笑，那笑容幾乎和媽媽如出一轍，每次她對我很滿意時就是這樣子。「嗯，他的狀況很不好，可能沒辦法跟你說話，但他會明白你說的。不要害怕跟他說話，他見到你會很高興的。」

她的聲音越說越小聲。媽媽也是這樣，總會壓低聲音，讓人聽不出她在哭。「我們很高興有個孫子，你知道嗎，你是我們唯一的外孫。」她從包包裡用力抽出一張面紙，擤擤鼻子，而後聲音又恢復正常。

「當然，」我說。這沒什麼，我知道很多小孩會怕病人，但我不會。和外公說話，就如同花時間陪伴昏迷不醒、臥病在床的媽媽一樣。

也許我可以念一些書給外公聽，就像念雜誌給媽媽聽那樣，他搞不好也很喜歡科學雜誌呢。更何況他至少還是醒著的，相較之下，我還不知道媽媽是否聽見我念什麼呢。

進去之後，我伸長脖子四處張望，對每個東西都感到好奇。但現在不是探索新環境的時間，外婆先領著我上樓去見外公。

那是個寬敞的房間，感覺上原本應該不是臥房。外公躺在裡面的病床上。他非常瘦，整個人看起來好瘦小，不過從毯子裡露出來的腳長看來，他一定是個高大的男人。

看見我的時候，他奮力地想要抬起頭來，不過依舊徒勞無功。我走向他，握著他的手，像平常打招呼那樣上下搖晃，把他當作平常人對待，這種事情我很擅長。

他看著我，一隻眼炯炯有神，另一隻則半閉著，一雙手冰冷而潮濕。

「你是我們唯一的孫子，」外婆低聲說。這句話她剛才說過了，這次似乎是說給外公聽的。「我們好高興終於見到你，我們每天都在想你，每天。你說是不是，親愛的？」

外公動了動手指，外婆對我微笑著說：「看吧，」她告訴我：「動一下代表是，動兩下代表不是。可別小看這些動作喔，很有用的。」

外公很容易就累了，所以我們沒有在他房間裡待太久。他兩隻眼睛都快闔上的時候，我們就讓他休息。然後外婆又眼眶泛淚了，她說，能見到我，對外公而言實在意義重大。但我不知道她是從哪看出來的，畢竟外公只是盯著我看而已，什麼反應也沒有。

她帶我看看整間屋子，屋裡並不像外觀看來那麼大。每個房間真的都很寬廣，但並沒有想像中的多。舊式家具佔據了大部分的空間，幾乎每間房的牆壁上也都有大型畫作裝飾。我看著那些畫作，內心嫉妒不已，從以前我就好想在那樣的大型帆布上作畫，但學校裡偏偏沒有。

在這兒我有自己的房間，這間房和我們家客廳一樣大，但感覺好空曠。房裡有一張大床、好幾個衣櫥、一張書桌、一個擺滿文學書籍的大書櫃，即使如此，這房間看起來還是空蕩蕩。外婆似乎曾說過，要幫我換好一點的家具，但我並不需要。我不想在此久留，媽媽很快就會痊癒了，然後我們就可以回家。

但也許我們可以偶爾來這裡拜訪一下，現在我也有外公外婆了，就像其他小孩一樣。我們可以來玩，我可以念書給外公聽。

我還擁有自己的浴室，這浴室和我家裡的房間一樣大，有個大浴缸，也可以淋浴。媽媽鐵定會愛死這個，她總喜歡泡澡，而且老是泡很久，滿浴缸的肥皂泡泡，所以有時整個家裡會充滿薰衣草的香味。但她總抱怨家裡的浴缸太小，或許因為她小時候住在這裡，早就習慣這種大浴室了。

晚餐真的很棒，雖然只有我和外婆兩人，但還是點上燭光，用了水晶玻璃餐具。外公外婆請了一位廚師，所以外婆不需要下廚，我也不必擺設餐具。廚師準備了我最愛吃的菜——咖哩雞，真的很美味，但吃起來跟我或媽媽煮的都不一樣。

我們邊吃飯邊聊天，或者該說只有外婆在講話，我坐著專心聆聽，留意其中點點滴滴的線索，並點頭附和。稍後我將會假裝不經意地問些重要問題，但現在得先搜集資訊。她告訴我很多事，有些是很久以前媽媽小時候的事，有些則是最近的，像是我外公中風的事；這些資訊全部混雜在一起，毫無條理可言，我不一定能隨時跟上她說的話，但仍努力記住所有資訊。我喜歡聽她說媽媽小時候的往事，即使聽起來好像是另一個陌生人。

「明天我們會不會去看媽媽？」我打斷她的話。外婆放下叉子，整整餐巾。

「明天不行，」她這麼一說，我的胃就揪緊。「後天再去，好嗎？明天我們得先處理你的事情，有很多文件要弄，還要替你找間學校。」

我放下手中的叉子，雙拳緊握。「我每天都得去看媽媽。」

「會的，很快就會去的。我們希望能把她帶回家，但她目前還需要醫院照護。這附近有家私立醫院，我希望能盡快將她轉院。」

我心裡的結瞬間鬆開，放鬆地嘆了口氣。

媽媽會搬到附近。

我有外公外婆了。

羅斯先生說得對，這才是最好的安排。

我很期待睡在外公外婆家這個新房間的第一晚，期待能睡在新床上，於夢中和媽媽相遇，告訴她外婆的事情。但是晚上媽媽卻沒有出現，不只第一晚，之後也沒再出現過。我的夢又變回過去那種隨意閃現的怪異內容。媽媽不再出現了，我好想念她。

日子如往常一般，一天天過去。媽媽被轉到附近的醫院，住進一間很棒的私人病房，裡頭視野良好，擁有電視音響，而且我無論何時都能去看她。我總會帶音樂過去，離開時讓音樂繼續放。我們還一起聽了《伊甸之東》❶的有聲書，這本書我不曾讀過，是在新房間的書櫃上發現的，裡有有媽媽的名字，書本一半之處還夾了張書籤，或許她以前沒看完就離家了。我猜她應該會想要知道結局，所以帶了這套有聲書給她聽。

但她並沒有醒來。

之後幾天，外婆不曾再提起學校的事，當我終於問起的時候（因為媽媽總要我注意課業不能落後），她看起來很驚訝，好像早已忘記這回事似的。然後她說會好好找找，並說最好多花個幾天適應，下週在去上課就好。

也許對有錢人來說，學校的選擇極其複雜，或許她會送我去上私立學校，那樣我

❶註：East of Eden，美國作家約翰．史坦貝克的小說，一九五二年出版。

就得穿制服、打領帶了，如果媽媽看見我打領帶，肯定會笑翻的。

我並不在意下星期再去上學。現在我每天早上都去醫院，在那裡待上好幾個小時，閱讀、聽音樂、玩益智遊戲，甚至邊完單人跳棋邊和媽媽說話。

之後我回到大別墅，大部分的時間都在陪外公，他不能說話也無法做其他事，但我不在意，他依舊是我的外公，我以前不曾擁有的外公。我讀書給他聽，或陪他一起看電影，有時只是我一個人在自言自語，就像和媽媽說話那樣。媽媽和外公並不會回應我所說的話，但我卻比較喜歡和他們聊天，真的好奇怪。

要了解外公在想什麼真的很難，雖然他可以回答我是或不是，但我想，他可能比較希望我什麼都不要問。他和媽媽一樣，最喜歡的都是科學雜誌，聽它們的時候，他的眼睛會張開，而我念一般故事或新聞時，則聽著聽著就睡著了。

當外公感到疲倦且需要休息的時候，我便去玩玩電腦，或者閱讀，或騎著外婆買給我的腳踏車，到附近的社區去探險，有很多事情可以做。所以有時我還會擔心，開始上學後，我的時間會不夠用。

雖然媽媽仍然不省人事，但現在我沒那麼擔心了，因為這裡的醫生都很好，而且這是一間費用很貴的醫院，我相信他們會治好她的病。也許這次媽媽醒來後會有所改變，也許她會變快樂，也許她不會再吃藥、酗酒，現在她又可以回到爸媽的身邊了。

或許我們可以一起住在別墅裡，不用再回去那間小窩，要不然，至少也能在這兒住上一小段時間吧。或許我永遠都不必再數藥丸，或整晚熬夜聽著房門外的聲音。

某天，我坐在媽媽身旁念《國家地理雜誌》上的文章，一位醫生進來，並請外婆跟他出去。

外婆回來的時候，看起來整個人彷彿瞬間變老了。她的身形不高，和我差不多，或許再過幾個月，我就會長得比她高。我停止念書並站起來，因為她的表情顯示出有大事發生了，她伸開雙手環抱我，抱得緊緊的。肯定發生了什麼事。

「發生什麼事了，外婆？」我的聲音裡充滿憂慮。

外婆搖搖頭，看著那台和媽媽身體相連的機器，再看看媽媽，而後又看看那台機器。

「發生什麼事了？」我再問一次，外婆緊握起我的手。「他們說些什麼？」她不發一語令我更加擔心。「媽媽會死嗎？」終於問出口時，我的聲音絕望又嘶啞。

「不……但是……他們說……他們說……」外婆停住不語，用力握著我的雙手。「他們看不出來情況有任何改善，而且很明顯，現階段看來，她的情況也不太可能改變了。」

「也就是，她永遠也不會……」

「她昏迷得越久，情況就越糟，他們很怕她永遠不會再醒來了。」說著說著，眼淚潸潸流過她的雙頰，她鬆開我的手，拉起媽媽的手。「寶貝，」她靠在媽媽的身邊低聲說，眼淚滴落在被單上。「請妳、請妳，一定要醒來。」

之後，我們上車離開醫院，沿途車內只有令人痛苦的寂靜無聲，只剩下我明顯地突兀的呼吸聲音。腦袋裡的思緒彷彿不停滾動著，我試著想出辦法拯救媽媽。回去之後，我去外公的房間，假裝一切正常地念文章給他聽，但我無法專心，一直念錯行、念錯字，最後我放棄了，把書本放到一邊，開始跟他說話。

我跟他說了媽媽的事情，說她只能躺在病床上一動也不動，連眼睛都沒睜開過，靜止得像是沒有生命的物體。她的手是冰冷的，但臉龐是溫暖的，而即使襯著白色的床單，她的肌膚看起來竟然更加蒼白。

我沒有告訴他，有台機器和媽媽相連，維持著她的生命，也沒告訴他，她可能永遠都不會醒來的事。不會的，只要我別亂說，就不會發生那種事。

我想告訴外公我之前做的那些夢，告訴他我有多想念在夢裡面見到媽媽，但我沒說。這是私人的祕密，是我跟媽媽的事情，我不想告訴任何人，即使對外公也一樣。

那個晚上，我問外婆他們怎麼會如此富裕，希望這樣問不會太失禮，因為我真的很好奇。其實我是想把焦點轉移到其他事情上，因為憂慮，我的頭已經開始感到陣陣疼痛了。

財富很有趣。有些人努力工作，也夠幸運，於是漸漸地越來越富有；有些人或許一樣認真，但不夠幸運，所以總是無法擁有財富。

有些人的富裕是源自於家族，小孩繼承父母的財產，並留下財產給後代，以此類推。

就正常邏輯而言，富不過三代是正常現象；但事實並非如此，因為一旦你有了很多錢，你可以繼續用錢滾錢，這就是經濟，而經濟的運作遠比課堂上的運算要複雜許多，因為遊戲規則時時在變。

聽見我的問題時，外婆很驚訝。她說，他們並不是那麼有錢，只不過是有間大房子、有輛很酷的車、僱了個外公的看護，外加裡裡外外不同的員工，如此而已。我真不敢相信她這麼輕描淡寫。

然後她指著牆上的畫作，說那是外公畫的，牆上畫作幾乎都出自他的雙手。她說他是知名的藝術家，至今他的作品仍能賣得不錯的價錢。「這些畫作要價不菲，」她驕傲地說。

我好吃驚，太酷了！能無中生有地創作，而且還有人願意花大錢買下，這種感覺真的好酷。這就等於你的內在擁有某種有價值的東西。我常常欣賞牆上那些畫作，但從來沒仔細看過角落簽著外公的名字。

我想到媽媽畫的那些門，還有美術老師對我的稱讚，這就是我和媽媽的藝術基因，源自於外公的基因。

這時，一股暖意從心中流過，我的心已經不再因為問號而感到空洞，我感到很滿足、很充實，眼前的世界才是真實而重要的。

晚餐過後，我上樓坐在外公身邊一起看電視，陪了他一小段時間。多希望他能說說話，但他最多只能移動手指頭，表達是或不是，而且有時候這樣還太為難他。但我告訴他，我很喜歡他的作品。

外婆走進房裡，俯身對著他的耳朵小聲說話，他移動手指回應，然後她點點頭，微笑著示意要我跟她走。

她帶我到走廊盡頭的一間房門口，並拿出鑰匙打開門，我們走進一片黑暗裡，外婆突然把燈打開。

這房間十分寬敞，窗戶也很大，空氣裡有畫作的氣味。

這是外公的工作室。

「已經好一段時間沒人來過了，」她壓低聲音，那些話在整個房間裡迴盪著。

「不過既然你對你外公的工作這麼有興趣……」

油畫布靠在牆邊，畫架上有一幅未完成的畫，彷彿外公只是放下畫筆，喝杯咖啡休息休息而已。地板上染了許多濺出來的顏料，畫架附近尤其多。

外婆拍拍我的肩膀。「你自己到處看看吧，」說完便離開工作室，我想她大概在哭吧，因為這間工作室空蕩寂寥，再不見外公的身影了。

窗戶下有一排低矮櫥櫃，櫃裡一條條顏料雜亂散落各處，無論是櫥櫃上面或裡頭層架上，都有顏料的蹤影，刷具放在長桌和角落的小桌上，小桌下還放著一堆用過的顏料、刷具以及破布，旁邊有張椅子，上面披著藝術家專用的工作服，看起來和我們在學校上美術課時穿的工作服很像。

我站在畫架前，看著外公那幅未完成的畫作，一種想法油然而生，我試著揣測他想怎麼樣完成這幅畫。

接著我打開櫥櫃，拿出幾條顏料，從標籤上辨識顏色。這裡有好多顏色任我挑選，我還在抽屜裡找到沒用過的刷具。

我需要的東西，外公這裡都有。

第十三章

我在自己房間的牆上畫了一扇門，用的是媽媽最愛、也最能代表她快樂情緒的顏色——橘色。我混合不同的顏料，調配新色，給我畫的門加了黃色邊框，還畫了個門把，加上深金色的門鎖。

我畫得沒有媽媽好，門的邊緣不是很細緻，門鎖樣式也不怎麼漂亮，但我已經很滿意了。雖然看起來像一扇會嘎吱作響的門，但沒關係，只要它在我入睡後能夠開啟就行了。

但沒有用，夜裡它並沒有開啟，媽媽也不曾站在門邊要我進去。雖然那天晚上，我始終盯著這扇門看，也不確定自己究竟是否睡著了，總之，它就是沒打開。

最後，我起身下床，雙腳踩在地毯上，腳趾頭還是緊抓著地毯，我已經習慣以前家裡冰冷的地板了。我走到門邊伸出手握住門把，這次門把轉開了——我一轉它就開了。那道門不再只是牆壁上的畫，變成一道金屬門，打開了。

我往裡頭黑暗的長廊走去，就像之前一樣。一切都沒變，只是這次我獨自走著，手裡沒握著媽媽溫暖的手，所以感覺更加陰森可怕。我摸著兩旁的壁磚，尋路前進，然後找到一個比較大的門，我就爬了出去。

我做到了，眼前的大廳掛著一幅幅諾貝爾父親的肖像畫，媽媽也在。她在大廳中來回踱步，看起來好瘦小，失落又孤單。

我跑過去抱住她，她對我微微一笑。媽媽很高興見到我，她看起來又驚又喜，但眼裡流露著悲傷。

她知道發生什麼事情了嗎？知道外公外婆和新醫院的事了嗎？我的腦袋裡一次蹦出好多問題給她，她皺起眉頭，笑說我的思緒好混亂，接著給我一抹神祕的微笑，示意要我保持耐心，等時間一到，我就會知道了。

我等著她率先往迴廊裡走去，就像之前那樣，領著我經過一扇扇的門，帶我看那些東西。但她靜止不動，只是站在那兒，好似我們在等什麼。

最後我在心中問她：我們在等什麼？她伸出手摸摸我的頭髮，一臉悲傷的模樣。她說，這是我的夢，現在由我來控制，我來選門。

我不知道該怎麼辦，便往迴廊走去，靠近第一個門。媽媽往後退並搖搖頭，然後又點點頭，彷彿說她不想靠近。但如果我想，我應該打開門，因為這是屬於我的夢。

我不想逼她進去她不想看的門，所以繼續找到下一扇門，這次媽媽對我微笑，於是我把門打開。這是個小門，高度只到我的腰間，所以媽媽彎下腰來，爬進門裡。我跟在她身後，進入一個看來十分眼熟的房間，這是個有錢人家的女孩房，空間十分寬敞，房裡擺放著各種玩具、動物填充玩偶、書本，甚至還有鋼琴。看著媽媽面帶微笑，在房裡轉來轉去，我知道這是她小時候的房間。我好奇地打量著這個房間。房間窗戶半開著，外頭是枝葉茂密的樹頂，現在是春天，好幾隻鳥兒盤據在樹枝上，微風吹拂著白底黃花的窗簾，窗檯上的花瓶裡插了幾枝修剪好的鬱金香。

我看著窗外，樹木繁多，寬廣的草坪上綠草如茵。

好熟悉的景象。

現在這些樹木長得更高大了，遠方的房舍也漆上了不同的顏色，但除此之外，其餘都相同。

我的房間原來是媽媽的房間，外婆沒告訴過我這件事。

接下來幾天，我看了更多媽媽小時候的回憶。我看見她在花園裡玩，踮起腳尖看著外公的畫架。我想告訴她關於醫院和昏迷的事，想跟她說，她得醒來才不會死去，但她彷彿聽不見我說話，只想要我帶她去看其他的門，所以我只好照做。

每天我去醫院看媽媽時，總覺得她越來越蒼白，希望那只是我的錯覺，但我總覺得，她好像漸漸變得透明，即將消失在白色床單下。我很害怕，越來越坐立難安，連念書給她聽也很困難，因為我不敢把視線從她的臉移到書頁上，深怕一不留意，她就這麼死了，離我遠去。

外婆沒問起我在房間牆上畫門的事，但隔天吃晚餐的時候，她非常安靜。幾天後，我房間出現一大堆油畫布、兩個不同尺寸的畫架，以及一個裝滿顏料的盒子，我想這是一種暗示吧。

去新學校的前一天，我終於鼓起勇氣，問了那個在腦袋裡盤旋已久的問題，打從第一天見到外婆就想問的問題。我已經有心理準備，也在腦中演練過一百萬次了。最後，在晚餐時間，原本我們還聊著以前學校的事，突然間我就脫口而出了，和原本的話題八竿子都打不著。

「妳知道我的親生父親是誰嗎？」

外婆看著我，久久不語。我的心沉沉地墜下，納悶著想，她該不會也認為我是諾貝爾小孩吧？但後來她慢慢地搖頭，回答我：「對不起，我不知道。」

我想這是實話。但或許她有些線索，可以猜測出對象是誰，或許她知道什麼人，以前發生過什麼事情。我沒接話，外婆一直看著我，彷彿從我眼裡見到這些問題，她再度搖搖頭，「真的很抱歉，我完全猜不到。我不知道，從以前到現在都不知道。」

「我想找到我的親生父親，我得找到他。」

「你一定很想，」外婆回答。她往後靠在椅背上，一瞬間整個人蒼老許多，她揉揉眼睛，像是很疲累的樣子。「但你母親是唯一能告訴你答案的人。」

我的問題，使外婆多講了一些其他的事，回答了許多我想問的其他疑問。她告訴我媽媽離家出走的事，說她自從高中三年級離家之後，就再也不曾回家了。她說她非常擔心媽媽，由害怕演變為心痛，這種心情無時不刻折磨得幾乎令她發狂。隨著時間過去，這種感覺成為生活裡的一部分，早上起床、夜裡入睡，時時刻刻都會浮現。

幾年過後，私家偵探找到她，也找到我。那是他們第一次知道我的存在，他們第一次了解到，我必定是她離家出走的理由。

外婆描述著私家偵探給她看的照片，說著說著又開始落淚了。她說，那應該是我三歲大時拍的，照片裡的我正在挖沙坑，媽媽就坐在旁邊讀書給我聽。「那時她自己都還只是個孩子呢。」外婆這麼說。

「她不肯跟我們說話，」外婆低聲說。「我去看她的時候，她不肯開門，也掛我電話。我不懂她為什麼要離家出走。當然啦，一開始我們要是知道她懷孕，又獨自一個人，我們一定會生氣，但之後就會慢慢沒事的。如果她肯留下來，我們會愛你們，會照顧你們。」她拿了張面紙擤擤鼻子。「她拒絕和我們說話，所以我們和鄰居談過，他們都說很擔心你們。我們也去找社工，請他們留意調查，但他們說你過得很好，而且她已經是法定成年人了，不可能強制要求她回家住。」

我腦中還有好多問號，但不知為何，我無法明確說出來。不過沒關係，反正外婆還繼續說著以前的事。

「最後，我放棄了，」她擦乾眼淚，現在她看起來堅強多了，甚至幾乎有點生氣。「你不可能逼別人愛你，就算是小孩也不行。不，特別是小孩更不行。」

她看著我，一雙眼睛和媽媽的一模一樣。「醫生告訴我，她的問題已經存在很久了，你一定很辛苦吧，真的對不起，我好希望能在你身邊，你們身邊。」

我聳聳肩，雖然很想知道一切真相，但現在我卻只想逃開，不想繼續談論這個話題。不過我還是正襟危坐地聽著，因為這是我需要的資訊。

「我們每個月都寄錢過去，」外婆壓低聲音說。「還幫她付醫療保險，是你外公替她付的。我本來不知道，直到兩年前他中風，我開始接管財務才知道。我從來都不曉得這些事，也想不到她會接受我們的錢，但我還是一直寄錢過去。我也曾試著再打電話給她，想告訴她，她父親病得很重，可能來日無多了……但她掛我電話，而且依然不肯跟我說話，最後她換了電話號碼。」

我記得這件事。大約是兩年前，媽媽告訴我電話號碼換了，以免推銷員一直打電話來煩。

外婆搖搖頭。「你媽媽以前也病得很嚴重，對吧？」

她說「以前」，外婆一定又想到生命維持器的事。我的胸口一陣揪緊，無法呼吸。

我必須聯繫媽媽，我一定要去找她。

夜晚來臨，我和媽媽又來到掛滿諾貝爾得獎人肖像的大廳裡，來到那幾扇門前。我已經下定決心，這次我要走到她每次都搖頭的那個門，那扇深色的小門相當不明顯，幾乎隱藏在諾貝爾父親的畫像下。

媽媽說過，這是我的夢，我才是控制一切的人。她看著我的動作，痛苦地皺著眉頭，雙手環抱自己。但即使如此，我還是伸出手，轉開門鎖，把門拉開。

我回過頭，告訴媽媽我們要進去了。她站在原地，眼睛瞪大地看著我，眼裡盡是我從未見過的訝異、痛苦以及害怕的情緒。

我別無選擇，因為我必須找到真正的她，而這是唯一一個我還沒試過的方法。我蹲下來，快速爬過那扇門，媽媽跟在我身後。

我們又來到外婆家了，依然是媽媽的房間，陽光灑落室內，裡頭空蕩蕩的。我很失望，原本還以為會是什麼新的場景。

我轉向站在身後的媽媽，我記得這是我的夢，由我來主導，於是想問她關於爸爸的事。我希望這個夢裡的媽媽能回答我，而不只是張開雙臂尋死。我在心裡問了這個問題，但她沒有回答。她怔怔地看著床鋪，四肢僵硬不動。

那是張寬敞而潔白的公主床，上面有罩篷，床上放著許多不同顏色的枕頭，但就是這樣而已了，沒什麼特別的啊。我往母親身邊靠近一步，她握起雙手，看著眼前的景象，於是我也跟著她的視線看過去。

這時，一個陰影出現了，映在白色的床單上。眼前的景象越來越清楚，我看見了媽媽，是青少女時期的媽媽，她的臉色泛白，表情僵硬。然後是一個男人的身影，他看起來好眼熟，但我認不出是誰，直到我聽見他低聲說話，聽見她叫他爹地，這時我才恍然大悟發生了什麼事。我抓著身邊媽媽的手臂，用力拉著她，試著分散她的注意力，之後那個陰影消失了。

媽媽看著我，眼神散發著陰暗的氣息，充滿了悲傷、憂愁，用嘴形無聲地說著「我很抱歉」。這個媽媽還是關心我的，她很抱歉造成了我的痛苦，很抱歉我沒有一個諾貝爾父親，因為一個不存在的諾貝爾父親也遠比殘酷的事實要來得好。

第十四章

驚慌感早在醒來之前便襲擊糾纏我，醒來以後我發現自己上氣不接下氣，連呼吸都還沒調整好，我人已經衝進浴室裡了，反胃嘔吐的感覺不斷襲來，我無法停止，也不想停止。我想把一切都嘔出來，吐到沒有東西吐得出來為止，好像把自己由裡至外融解掉似的。

我抓著自己的手臂、胃部、大腿，彷彿這樣就能一層層剝下自己，直到形體消失殆盡。我想把我自己從宇宙中除去，腦中的想法已經不再是想法了，只剩下情緒和直覺：我不該在這裡，我本來就不該生而為人。

我沒有哭泣，只是發出小小聲的哀鳴，這聲音彷彿是從別處發出來的，好像受傷的動物發出的哀鳴。我無法停止，最後我終於失去了意識。

夢境再次引領我來到媽媽的房間。我站在窗戶邊，視線越過乾枯的樹枝之後，看見的是鄰居房舍的窗戶。這個夢境是冬天，雨滴直直落在玻璃上，從玻璃的反射裡，我看見鄰家窗戶裡亮著燈光。我還記得媽媽有一個回憶：她坐在窗檯前，看著外面的燈光，期待有人出現在窗戶前對她微笑揮手，她會告訴他們：她被囚禁了，然後就會有人解救她，並永遠照顧她。

對於這個回憶，媽媽臉上的微笑總有些傷感，她站在我身旁，雙手環抱胸前，穿著白色睡袍的身體不停地顫抖著，頭髮濕漉漉地，好似才剛從外頭淋雨回來。她坐入房間角落的藤椅，像個孩子般雙足屈在椅子上，併攏雙膝，睡袍拉到腳底下蓋住雙腿，頭靠在膝蓋上，還是不停地顫抖著。她好冷，她的體溫總是那麼地冷。

我知道媽媽並非真的在那裡，真正的她躺在醫院裡，但我還是想幫她取暖。我從床上拿了條毯子，披在她肩上，蹲下來看著她蒼白的臉，摸她濕透的髮，她看起來就像外婆口中的那個小孩。

「妳的頭髮怎麼濕了？」我並不期待她回答我，她低聲說了些什麼，但那些話語在打顫的牙齒間磨損、消逝了。

「好冷，」這是第一次，她在我夢裡如此大聲說話。是她的聲音，但又不太像，這個聲音脆弱而年輕，薄得像瞬間便能片片碎裂的冰。「好冷。」

「我知道，妳體溫總是那麼冷。」

她沒再說什麼。而最後，我又從夢裡消失了，就像之前每次醒來時一樣，我把她留在那張椅子上，孤孤單單一人，蜷在毯子下。

醒來後，我發現自己的指甲在皮膚上留下深而紅的印子，但已漸漸恢復自然膚色，驚恐的感覺也少了一點點。身體似乎覺得一切都正常了，它開始如往常般運作，血液帶著細胞和分泌物質流過身體，試圖修復錯誤。身體並不知道這一切原本就是錯誤的，我就是個錯誤，而且無法修復。媽媽曾經告訴我，我應該要超越自己，原來她說的完全正確。

那只不過是個夢而已，我內心有個聲音這麼說著。夢並不一定真實，可能只是我腦袋裡瘋狂的產物。

但它感覺好真實，也解釋了一切的情況，解釋了為什麼媽媽說外公外婆已經死了，為什麼她會離家出走生下我，為什麼外婆甚至連猜一下我的親生父親是誰都做不到，為什麼媽媽要騙我諾貝爾父親的事，為什麼她非得相信自己編的謊言。這麼多的線索，現在都能拼湊起來了。

我花了很長的時間才換好衣服，因為我感覺身體虛弱，雙手顫抖。我什麼都沒帶，只拿了錢和鑰匙。走到樓下走廊，經過我們的父親房門前，我的肩膀因為恐懼而顫動著。

我偷偷溜出去。原來回家並沒有想像中那麼難，我走了一段路，搭上巴士，再換乘另一輛巴士，幾個小時過後，就回到家了。我把鑰匙插進門，打開，期待著媽媽的菸味會撲鼻而來，然而，裡面理所當然地一片黑漆漆、空蕩蕩。

一陣陣節奏明確的聲音從車庫裡傳來，緩慢而壓抑。卓拉姆回來了。我的心開始跟著他的節奏跳動，腳步也是，我走到浴室裡，打開櫥櫃，裡面還有好多媽媽之前服用的藥。

我看著那些瓶瓶罐罐，有些標籤看起來已經很陳舊了，有些還很新。我一個一個點看過兩次，又盯著它們看了非常非常久。我伸出手去，一隻手在某個罐子上游移不定。

然後，一把抓過藥罐。

焦慮的感覺緊抓著我不放，像是意外墜海而被海浪圍裹一般，我只能咬牙撐下去，等待海水退潮，經驗告訴我它一定會消退。被這種焦慮淹沒時，彷彿永遠沒完沒了似的，我就快要變成一尊永恆的冰雕，周圍盡是波濤洶湧的恐懼感，害怕就要發生但還沒發生的事。心臟越跳越快，我知道自己已經快被另一波全新的恐懼感席捲。我整個人滑落到地板上，什麼都不去想，讓恐懼的浪潮帶我漂流，我知道最後一定還會被捲上岸的——我會活下來的。

肢體終於又可以活動的時候，我起身慢慢走到廚房，坐在餐桌前休息，雙手捧著頭。假如思緒願意配合的話，我得好好想一想。但事與願違，每次當我試著思考，便感覺自己像是變成了一根爆竹，痛苦快要從骨髓裡往外爆炸開來。

我完全沒有注意到鼓聲停了，直到一個陰影出現在門邊。但他開口說話的時候，我還是無法從椅子上站起身，我的神經虛弱，無法回應。

「發生什麼事了？」卓拉姆問，我們家的備份鑰匙在他手裡晃來晃去。「你回來這裡做什麼？」

他沒等我回答就拿起電話。我的視線掠過他，正打算逃跑的時候，他已抓起我的手臂。但我沒有掙扎，我太累了。「好吧，」我說。「要叫警察就叫吧。」

但他沒有，他看著我們家話機的速撥設定，螢幕上顯示著一些號碼，我很害怕他要撥第一組號碼「九一一」，不過，最後他的手指停在羅斯先生的號碼上。

「快過來，這小鬼回來了，」他對著話筒大聲說。掛掉電話後，他看著我。「答應我，放開的話你也不會逃走。」

我沒答話，只是把手臂用力抽回來，他也放開了我。他雙手交叉放在胸前，身體靠著牆壁。「發生什麼事了？你為什麼回來了？」

我嘴巴張開，話語就這麼一連串脫口而出，除了關於父親的事沒說之外，我說了他離開之後所發生的種種，媽媽、昏迷、醫院、羅斯先生，以及外婆。他邊聽邊點頭，像是聽懂了我說的話，但我甚至不確定他有沒有聽進去，因為我想到什麼講什麼，內容一團混亂，羅斯先生人來了，我都還沒說完。

卓拉姆站到離我稍遠的地方，並示意羅斯先生過來接管我。羅斯先生一看見我便皺起眉頭，那表情好似卓拉姆告訴他我回來的事是騙人的一樣。他什麼都還沒問，話語就從我口中滔滔不絕地滾落，我沒有告訴他們夢境的事，因為他們會認為那是我想像出來的；我說了我所發現的事情，但講得結結巴巴的，因為我甚至還不清楚全部的真相，雖然模糊，不過我想他們會聽得懂。

羅斯先生坐在那裡，卓拉姆站在牆邊，他們都很仔細地聆聽。我說完之後，空氣裡充滿寂靜，這份安靜彷彿能震破我的鼓膜。我坐在餐桌前，雙手握得緊緊的，握到手都痛了。

卓拉姆咒罵一聲，身體撐起來不再靠著牆壁。「我去車庫，」他喃喃地說完便離開了。

羅斯先生嘆了口氣，拉起我的手，幫我把手鬆開，並放在桌上，我看著自己的雙手，感覺好陌生，好像全身上下都不是自己的。

「你確定這些是正確的事實嗎？」一會兒過後，他問。「你外婆知道這些事情嗎？」

我搖頭，然後聳聳肩。我不知道，我已經什麼都不知道了。

「我該怎麼辦？」我低聲問，我知道問這些真的很蠢，他怎麼可能給我什麼建議呢？怎麼可能有人能給我建議呢？我根本無能為力。

「你想怎麼辦呢？」

我希望能像某次的夢那樣，那個看見諾貝爾父親的夢——我想把所有不好的基因拉出來，如此一來，那些壞東西就不再是構成我的一部分。我希望自己乾乾淨淨的，但現在卻找不到夠大的塑膠盆，而且即使宇宙裡所有的肥皂全部拿來清洗我，也還不夠用。

「如果這是真的，那你也沒辦法做什麼，就是這樣了。一旦你無可奈何，你必須告訴自己，那件事不重要，」羅斯先生說。「它可能很重要，但只要你告訴自己不重要，或許有天它真的就不再重要了，你懂嗎？」

「我沒辦法……我不該是我自己。」我說出的話語裡還流露著震驚的情緒，也許這就是為什麼媽媽的腦袋會如此混亂，因為她根本無法接受那樣的自己，也許這就是她一直以來的感覺。

「如果你偷了她的藥來吃，最後昏迷住院，這對誰都沒有好處，」卓拉姆的聲音突然出現在門邊，原來他並沒有離開。我很快地抬頭看了他一眼，也許我的想法已經表露無遺，他們倆看了我一眼，我搖搖頭，回答了他們心中的疑問。

他怎麼知道我看著媽媽的藥罐是想做什麼？我只是看而已啊。

羅斯先生站起來走進浴室，我聽見藥盒藥罐彼此堆疊的聲音。

「他們很快就會來找你的，小鬼，」卓拉姆說。「你知道，他們一旦發現你逃走，一定會先來這裡找，到時候你還能去哪？」

我不知道，我必須離開，然後回家。但我不知道我要怎麼辦。

「你為什麼回到這裡？」我終於想到要問他這件事，原本我以為卓拉姆會永遠離開。

卓拉姆聳聳肩。「我沒有走太遠，我所有的東西都還在這，樂器也在這，那幾天我人在汽車旅館裡，後來聽說你們都走了，所以就回來了。」

空氣中的沉默持續了好一會兒。我在思考，但也不全然在思考，只是有些片段的想法在腦中飄浮，然而這些想法一點都不合理，非常混亂無序。羅斯先生再度出現了，手裡拿著一個紙袋。他把它放在地上時，藥丸與罐子碰撞的聲響此起彼落，然後他在我身旁坐下。

「打電話給你外婆，」他建議，手伸出去拿話筒。「就告訴她你人在這裡，你只是想家。」

我出於直覺地搖搖頭。我必須離開這兒，但打電話給外婆他們，便似乎意味著得回到我不想待的地方。

「如果你不讓他們知道你人在哪，她會打電話報警，等你被貼上『逃家』的標籤之後，事情就會更複雜。」他雙手摩擦著臉。「我們絕不希望事情變得更複雜，對吧？」

他說得沒錯。於是我拿起電話，撥了外婆家的號碼——那個家，也是我被孕育的地方。我告訴她我在家裡，我很好，羅斯先生在我身旁。外婆剛開始相當驚訝，接著她有點生氣，然後是傷心，最後開始擔心，因為她聽得出來似乎發生了什麼事情，她請我告訴她究竟怎麼了。

我把話筒遞給羅斯先生，他說服她今晚讓我留在這裡，他明天會開車送我回去。他邊說邊對我眨眼，我知道，如果我不想回去那邊，他是不會逼我的。

但我也不知道我想怎麼做。

第十五章

羅斯先生要我再次保證不會逃跑。之後的整個下午，我和卓拉姆一起清洗他的凱迪拉克，我們努力刷洗、打蠟、磨光，最後整台車煥然一新，閃閃發亮。勞動有助於思考，當我把力氣用在其他方面，腦袋就會更加自由，思路便能更加暢行無阻。

我們沒繼續交談，因為重要的事都已經說完了，但他的視線還是一直飄過來。我開始納悶，他怎麼知道我看著那些藥時心裡在想什麼，好像他偷了我一個祕密似的。

當我不想自己的事時，便想著媽媽。當初那種情況下，她離家出走算是非常勇敢的吧，這樣想真的是很奇怪，因為我以前總覺得她不夠勇敢。然而，懷著身孕離開家的她，把我生下來並獨自扶養我，這真的需要很大的勇氣。身為一個母親，她也不算失職，很多方面而言，她是個偉大的母親。

或許她並不是真的腦袋有問題，只是發生了那樣的事情之後，她的大腦不知道該怎麼應對，因為那樣子的事情根本不該發生。媽媽之所以會編出諾貝爾父親的故事，可能是因為她要生下我，就得找個理由好好愛我。而能讓她持續相信諾貝爾基因的方法，就是繼續活在自己的世界裡，每天與科學雜誌、書籍為伍，並努力計畫我的諾貝爾未來。但是當我越長越大，諾貝爾基因不曾顯現出來時，她就必須面對事實；這令她開始逃避，所以她開始依賴藥物和酒精。

媽媽是因為我才生病的，她是因為我才陷入昏迷的。

我把這些話告訴卓拉姆，因為我得大聲說出來。他丟了一條抹布給我，要我用力擦轂蓋，我雙腿交叉坐在地板上並開始擦洗。我咬著唇，咬到嘴唇都痛了，而我就是想要它痛。

一會兒之後，卓拉姆走過來拍拍我的肩膀，給我一罐汽水。「你知道嗎，」他喝下一大口啤酒，「就算你媽媽是因為你而生病的，那也不是你的錯。」

聽起來很有道理。應該是這樣沒錯吧。

天空換上了傍晚的深色簾幕，車庫外面越來越暗。卓拉姆用抹布擦乾雙手，往門外的薄暮走去。「小鬼，你得走了，」他對我說。「我答應過，大約晚餐時間要送你回去。」

「回去？」

他手指著羅斯先生家的房子。「他那裡。現在他負責照顧你，對吧？」

「我想應該是吧。」

「那就走啦！」卓拉姆不耐煩地說。「我希望你會好好的。我會看好這間房子，直到……嗯，只要我住在這，我就會看好它。好啦……你該走了。」他轉過身，回到車庫裡。我邁步往羅斯先生家走去，感覺背後卓拉姆的視線依然停在我身上，直到我安全進入屋內。

羅斯先生訂了披薩當晚餐，並問我想通了沒。

刷洗那輛凱迪拉克的時候，我已經想了很多，現在想通了。我知道自己想怎麼做。邊吃披薩邊看電視時，我告訴他：我已經準備好了，現在就想回去外婆家，不想等到明天。

他什麼也沒問。也許因為問了也沒什麼意義吧。

回到外婆家已經是午夜過後了，我請羅斯先生讓我在前院的大門下車，因為太晚了，這樣才不會吵到裡面的人。

「不行，」他拒絕了，「現在我負責你的安全，如果你要回家，我就得看著你平安到家。」他直視著我。「如果你不想回家，我們可以和社工談談，想些辦法，由你決定吧。但我不可能就這樣在街上放你下車。」

我侷促不安地移動著身體。我不希望外婆出來門口迎接我，想要偷偷進去，好執行我的計畫。「好吧，那就到門口，」我說。父親的房間對著房子正前方，但外婆的房間在後面，或許車子不會把她吵醒。「請你載我到門口，這樣你就能看著我走進去，但我不想吵到其他人，他們都以為我明天一早才會回來。」

羅斯先生沒回答我，沿著前院的路開到幽暗的屋子前面。他把車子熄火，看著我。「好，我就讓你在這下車了，能看著你走進去就好。但我明天早上會打電話來，跟你外婆聯繫，確認你平安無事、一切都好。我希望先和你通電話，再和她談談，了解嗎？」

「謝謝你，」我向他道謝，並拿起自己的背包，「再見。」

羅斯先生握緊我的肩膀，祝我好運。道別後，我往門口跑去，想到即將要做的事情就又興奮又害怕。我取出鑰匙，開門進去，並用外婆告訴我的密碼解除警鈴，關門後踮起腳尖，看著門上小孔。羅斯先生正把車開走，那輛車靜得彷彿沒有聲音。其他人都還熟睡著，於是我躡手躡腳上了樓，打開我們的父親的房門，悄悄走進去。

我一打開燈，他便醒來了，用正常的那一隻眼看著我，放在旁邊的手不停抽搐。我對著他微笑。關起門之後我靠近他，將他手邊的呼救鈴拿起來放在床頭櫃上，使他搆不到。

我想他那雙眼睛流露出的情緒是害怕。他從我的眼神知道了一切，他明白我已經知道那件事了。我沉默了一會兒，站在原地看著他，讓他不安地揣測現在到底是什麼情況，我要讓他體驗一下什麼是無助和恐懼，那是他以前帶給媽媽的傷害。

我盯著他看了好久，是因為他，我才如此討厭另一半的自己，喔，不只一半，因為媽媽有一半是來自他，所以我有四分之三是他。幾乎整個都是他了，幾乎一模一樣，像複製人。

這個想法又令我再度噁心想吐，但我看著窗外，繁星點點的天空令我想起那個故事，在萬古久遠的時期，星塵四處飄散在宇宙裡。想到這個，我才平靜下來。

「我知道你是誰，」我終於開口了，對我們的父親坦言。我的聲音低啞而陌生。

父親轉動著他一隻眼睛作為回應，像是有條隱形的線拉著他的眼，隨意地繞著圈。

「我知道你做了什麼事，」我繼續說，他的視線移到了窗戶上，垂下眼瞼，但他還聽得見我說什麼，而且無計可施，無法離開房間，無法呼救，他只能在病床上聽我說話，我擁有一切的主導權，我喜歡這種感覺。

但我討厭喜歡這種感覺的我，因為這可能是他的基因在作祟，一種樂於凌駕弱者的基因。我身體裡的基因，包括那些有繪畫天分的基因，竟如此殘忍邪惡？

我是個殘忍邪惡的人嗎？

我與媽媽的父親再次用他一隻眼睛看著我，雖然他的視線令我感覺全身骯髒，但我還是回瞪著他看。我看著他的點滴，伸手碰了碰那個塑膠袋。不知道把這個拿走會發生什麼壞事？

這很簡單，他現在很虛弱。

此時此刻，憎恨的感覺填滿我的心，令我顫抖。但我知道我不是殺人兇手，最終極的報復也並非死亡。於是我的手鬆開點滴，感覺上這個決定是正確的。

死很簡單，活著才困難。

床旁放著我常坐的椅子，桌子上堆著我念給他聽的雜誌書籍，我把它們移到書架上擺整齊，使它們消失在其他書籍裡，好像我從來沒念過書給他聽似的。

「你是個惡魔，」我的聲音在安靜的房間裡聽來格外刺耳，「我希望你相信這世界有上帝，因為這樣你就知道，自己會下地獄。」

他的眼瞼微微眨動，我試著想說更多話，我想羞辱他，想對他說更多刻薄殘忍又恐怖的話，但這些都沒有意義。所以我轉身背對他，走到窗戶邊，開始把背包裡的東西掏出來堆在窗檯上。我特意放慢每一個動作，讓他懷疑我到底在做什麼。

「我要畫一扇門，」我仍然背對著他，坦白說出來，然後打開第一罐油漆。這不是樓上工作室裡的顏料，是我從家裡帶來，以前媽媽買的。媽媽住進醫院的那天，我把家門外的油漆空罐收集起來，放進車庫，罐子裡頭還剩一點油漆，今天我把它們帶來了。「我要在這面牆上畫一扇門。」我把刷子浸入罐子裡，在奶油色牆壁上刷下一道長長的痕跡。「入睡之後，在你的夢裡面，這扇門會開啟，但它只能從另一邊開。你會做夢，但那不會是你的夢。」

說完我便不再解釋。我想讓他憂慮，讓他疑惑，讓他自行假設最壞的情況。接著我開始畫門，房間裡只剩下他尖銳的呼吸聲。

我謹慎地畫著這扇門，讓它看起來堅固耐用。這是個造型簡單的棕色門，看起來像用古老木材打造而成。我畫了門鎖，不過這種鎖只能由另一邊開啟，所以他不能控制這扇門。我省略了鎖鏈，鎖鏈在另外一邊。

終於畫好了，我後退幾步欣賞，幾乎和媽媽之前畫的一樣好看，也很逼真。

我把東西收進包包後便離開房間。我們的父親仍然醒著，眼睛看著那扇門，他的視線不會離開那扇門，但它只有在他入睡後才會開啟，他終究會入睡的。

現在我要去醫院了，我想坐在媽媽身邊，握著她的手，告訴她我已經知道所有的事，而且那些都沒有關係了。我會試著告訴她，我們已經不需要諾貝爾基因，我會是我，她會是我媽媽，這樣就夠了。

也許我會在她身旁睡著，也許今晚我會在夢裡遇見她，我會讓她看看我替她做的事。我會讓她看看走廊上那道新的門，上頭有十分牢固的鎖，而且只能從她這一邊開啟，她想怎麼用就怎麼用。最重要的是，那扇門在那，是我畫上去的。

我已經不再覺得骯髒，也不認為自己是個不應存在的錯誤。我沒有諾貝爾基因，我是一大堆問號，數以萬計的問號。每個人都一樣，沒關係的。我是個謎，我會花一生的時間找到答案。

我的基因不是父親的，不是母親的，是我自己的，是大家的，也是不屬於任何人的——這些基因並不是我，只是組成我的物質而已。

我拉出停在車庫裡的腳踏車，帶著它離開這幢房子，沿著小徑走到街上。抬頭看著父親房間的幽暗窗戶，我微笑著。

我打賭他一定不敢睡覺。

騎上腳踏車，我踩著踏板朝醫院盡速飛奔而去。夜晚，冷冽的寒風吹拂，鑽進我的衣服裡面，拂過我全身——但我現在完全不在意，什麼都不在意了。

我們都源自於海洋原湯，是宇宙裡的奇蹟。而在那之前，我們都是星星。

宇宙在頭頂上的天空閃閃發亮，我走在蜿蜒危險的道路上，即使不知道未來該何去何從，這條路仍然會領著我到該去的地方，人生不就是如此嗎。

我會過得好好的。我是星塵。

致謝

感謝我的經紀人喬治．尼可森（George Nicholson）——其實這是我的第一本小說，也是你們最愛的一本，我知道。感謝給予我建議的讀者們，潘（Pam）、奇雅譚（Kjartan）、諾尼（Nonni）、敦雅（Dúnja）以及浩克（Haukur），你們真棒。還要感謝CritiqueCircle.com的協助，讓這一切更簡單順利。

從開始到現在，接觸過這故事的編輯人數不在話下，我想這數字應該可以創下記錄，所以在此簡單感謝主要編輯們：吉妮．希歐（Ginee Seo）、鄭麗莎（Lisa Cheng）以及南拉塔．崔普席（Namrata Tripathi）——謝謝你們為這個故事所做的貢獻。

還有，當然不能忘記我的丈夫奇雅譚，感謝你的支持，沒有你就沒有這本書。

另外還得感謝我的小女兒，老愛在我校、審稿的時候打擾我，當然連我寫這篇致謝文的時候，她也依然如此，但她真的好可愛。甜心，妳說的沒錯，精鍊的才是好東西，不過如果我交出的稿子有錯字，還是要怪在妳頭上哦。

國家圖書館出版品預行編目資料

諾貝爾少年 / 如茵・麥可斯(Rune Michaels)著;
賴婷婷譯. — 初版. — 臺北市 :
大塊文化, 2011.06
面 ; 公分. — (to ; 73)
譯自 : NOBEL GENES

ISBN978-986-213-255-5 (平裝)

874.57　　　　100007629

10550 台北市南京東路四段25號11樓

廣 告 回 信
台灣北區郵政管理局登記證
北台字第10227號

大塊文化出版股份有限公司　收

地址：□□□□□ ＿＿＿＿＿市／縣＿＿＿＿＿鄉／鎮／市／區

＿＿＿＿＿路／街＿＿段＿＿巷＿＿弄＿＿號＿＿樓

大塊 LOCUS 文化

編號：TT073　書名：諾貝爾少年

大塊文化 LOCUS 讀者服務卡

謝謝您購買本書！

如果您願意收到大塊最新書訊及特惠電子報：

- 請直接上大塊網站 locuspublishing.com 加入會員，免去郵寄的麻煩！
- 如果您不方便上網，請填寫下表，亦可不定期收到大塊書訊及特價優惠！
  請郵寄或傳眞 +886-2-2545-3927。
- 如果您已是大塊會員，除了變更會員資料外，即不需回函。
- 讀者服務專線：0800-322220；email: locus@locuspublishing.com

姓名：________________________________ 姓別：□男 □女

出生日期：_____年_____月_____日 聯絡電話：________________

E-mail：________________________________

您所購買的書名：________________________________

從何處得知本書：

1.□書店 2.□網路 3.□大塊電子報 4.□報紙 5.□雜誌
6.□電視 7.□他人推薦 8.□廣播 9.□其他

您對本書的評價：
（請填代號 1.非常滿意 2.滿意 3.普通 4.不滿意 5.非常不滿意）
書名_______內容_______平面設計_______版面編排_______紙張質感_______

對我們的建議：________________________________

LOCUS

LOCUS

LOCUS

LOCUS